우아하고 감상적인 일본 야구

優雅で感傷的な日本野球

YUGA DE KANSHO-TEKI NA NIHON YAKYU
by Gen'ichiro TAKAHASHI

Copyright © 1988 by Gen'ichiro TAKAHASHI
All rights reserved.
Originally published in Japan by KAWADE SHOBO SHINSHA, Publishers, Tokyo.
Translation Copyright © 2017 by Woongjin Think Big Co., Ltd.
Korean translation rights arranged with Gen'ichiro TAKAHASHI, Japan
through Japan Foreign-Rights Centre and Imprima Korea Agency.

우아하고 감상적인 일본 야구

優雅で感傷的な日本野球

웅진지식하우스 일문학선집 5

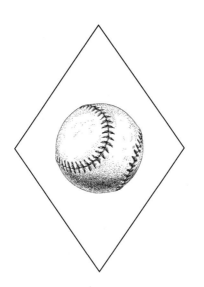

다카하시 겐이치로 — 박혜성 옮김

웅진 지식하우스

바야흐로 저 세 개의 베이스에 사람 모여서

안절부절못하고 가슴이 들뜨누나

– 마사오카 시키*

* 일본 근대 시조인 하이쿠와 단카의 혁신 운동을 펼친 시인–옮긴이

내 작품 중에서는 단편 몇 편과 장편의 일부가 영어와 프랑스어로 번역되었다. 그러나 한 권의 장편이 외국어로 번역되는 것은 처음이다. 그것이, 복잡한 인연으로 이어져 있는 이웃 나라의 언어, 한국어라는 것에 나는 크나큰 기쁨을 느끼고 있다.

이 작품은 미시마 유키오의 이름을 딴 상을 받았다. 미시마 유키오는 가장 '일본적'이라고 평가받는 작가 중의 한 명이며, 그가 했던 정치적 퍼포먼스 때문에 '천황제', '군국주의' 등과 연결되어 생각되기도 한다. 그러나 이 작품은 미시마 유키오가 상징하고 있던 것 또는 대표하고 있던 것이나 지키려고 했던 것에서 멀리 떨어진 것처럼 보인다. 그럼에도 불구하고 이 작품이 미시마 유키오의 이름을 내건 상을 받은 이유는, 언어에 대한 애착이라는 진한 공통점이 있기 때문일 것이다.

나는 이 작품에서 일본이라는 나라의 정체성이 담긴 한 시대의 풍경을 그려보려고 했다. '야구'는 이에 적합한 도구였다.
그 때문인지 많은 책방에서 이 작품이 스포츠 코너에 있는 것
을 보았지만 불평하고 싶은 생각은 없다. 한번 쓰인 작품은 자
신의 힘으로 운명을 개척해나가지 않으면 안 되는 것이니까.

1995년

다카하시 겐이치로

ㅇ

차례

가짜 르나르의 야구 박물지

나는 조용히 앉아 책을 읽고 있다. 내 방에는 대략 2만 권의 책과 갈색 수고양이가 한 마리 있다. 고양이의 이름은 '365일의 반찬 백과'이다.

고양이의 이름이 '365일의 반찬 백과'인 것에 대해 남한테서 이러쿵저러쿵 말을 듣고 싶지 않다.

수고양이라면 '365일의 반찬 백과', 암고양이라면 '다자이 오사무 주간'. 그것이 여기 규칙인 것이다. "그것만 지켜준다면 나머지는 마음대로 써도 좋아요." 집주인은 그렇게 말하고 이 방을 빌려주었다. 나 역시 겨우 찾은 방에서 쫓겨나는 것은 싫을뿐더러 그 규칙이 마음에 들었다. 수고양이라면 '365일의 반찬 백과', 암고양이라면 '다자이 오사무 주간'.

나는 제법 많은 고양이를 키워봤다. 기억 속 맨 처음으로 등장하는 고양이는 나이 든 수컷 꿩고양이인데 '탬버린'인지 '만돌린'인지 '만다린'인지 하는 이름이었다. 할머니가 키우던 '탬버린'인지 '만돌린'인지 '만다린'인지 하는 이름의 그 고양이는

거동이 불편하여 자리에 누워 계시던 할머니와 마찬가지로 내
내 자리에 누워 있었다. 할머니가 병상에 누우셨을 때부터 그
고양이도 등나무 바구니로 된 자신의 침대에 들어앉아 지내기
시작했다. 내내 누워 계시던 할머니가 작아질수록 그 고양이도
작아져갔다. 할머니와 고양이의 크기 비율은 마지막까지 변함
이 없었다. 할머니가 돌아가시자, 같은 날 '탬버린'인지 '만돌린'
인지 '만다린'인지 하는 이름의 그 고양이도 숨을 거두었다.

1학년이 되었을 때 아버지는 샴고양이 한 쌍을 얻어 왔다.

"어떤 이름이 좋으냐?" 아버지가 물었다.

나는 언젠가 고양이를 키우게 될 때를 위해서 생각해둔 소
중한 이름을 아버지에게 알려주었다.

"소켓과 플러그."

아버지는 관대한 사람이었기 때문에 나의 소망을 흔쾌히 들
어주었다.

'소켓'과 '플러그'를 키우기 시작한 건 40년 전의 일이다. 그
동안 고양이에게 수없이 많은 이름을 붙여왔다. 고양이를 키
울 수 없을 때는 전기기구에 대신 이름을 붙였다. 토스터에 '프
랭크', 냉장고에 '샘', 전기스탠드에 '비키', 헤어드라이어에 '빈
스', 텔레비전에 '루크'. 그러고 보니 그 시절의 전자 제품에는
왠지 모르게 동물 같아 보이는 구석이 있었던 것 같다. 고양이

를 다시 키우면서 전자 제품에 이름을 붙이는 것은 그만두었다. 전자 제품에 이름이 붙어 있으면 고양이가 쉽게 피로해한다는 것을 알았기 때문이다. 그 후 나는 고양이에게만 이름을 붙였다. 아차, 눈에 보이는 모든 고양이한테 이름을 붙였던 시기도 있었지. 들고양이, 잡지에 나오는 고양이, 텔레비전 화면 속을 잠시 스쳐가는 먼지만큼 조그만 빨간 고양이. 그러나 고양이들은 모두 죽어갔다. 내가 이름을 붙였건 안 붙였건 상관없이. 이젠 고양이 이름만 생각하는 인생은 싫다. 앞으로는 영 다른 일을 하면서 살아갈 것이다.

집주인 말에 따르면 내 방에 기거하고 있는 고양이는 8대 '365일의 반찬 백과'이다. 어제 체중을 달아보았더니 7킬로그램이었다. 체중 7킬로그램의 갈색 '365일의 반찬 백과'. 한쪽 눈은 빨갛고 또 한쪽은 파랑. 콘택트렌즈를 꼈거나 그런 것은 아니다. 한 달 전에는 '다자이 오사무 주간'도 있었다. 6대 '다자이 오사무 주간'. 체중 3킬로그램의 얼룩무늬 암고양이는 창문을 통해 밖으로 뛰쳐나갔다. '365일의 반찬 백과'보다 멋진 수고양이가 눈에 띈 것이다.

이것을 글로 써보면,

"'다자이 오사무 주간'은 '365일의 반찬 백과'를 남기고 뛰쳐나갔다"라는 말이 된다. 왠지 우습다. 뭐, 왠지 모르게 말이다.

실의에 빠진 '365일의 반찬 백과'는 그때부터 쭉 책꽂이 꼭
대기에 엎어져 바깥만 바라보고 있다. 어쩌면 '다자이 오사무
주간'이 다른 수고양이와 그 짓을 하고 있는 모습을 봤을지도
모른다. 그러나 '365일의 반찬 백과'는 "야옹" 소리조차 내지
않는다. 침묵의 수고양이가 되어버렸다.

나는 매일 아침 여덟시에 눈을 떠, 얼굴을 씻고, 이를 닦은 후,
커피와 토스트로 간단히 아침 식사를 끝내고 출근한다. 출근하
는 장소는 방 안의 책상이다. 생각하기에 따라서는 '침대 → 세
면대 → 거실 테이블 → 책상'의 순서로 방의 안쪽 공간에서만
이동하고 있다고 말할 수 있으리라.

책상 위에서 내가 하고 있는 일을 설명해보겠다.

그 일이란 책꽂이에서 몇 권의 책을 꺼내 주의 깊게 읽다가
야구에 관한 중요한 기록이 있으면 그것을 공책에 만년필로 옮
겨 적는 것이다. 내가 하고 있는 일은 조금도 돈이 되지 않는다.
그래서 세상에는 내가 하고 있는 일은 일이 아니라고 생각하는
사람도 있다.

오전에 한 권. 오후에 한 권. 그것이 평균 속도.

때로는 하루에 여섯 권 정도까지 진도가 나갈 때도 있다. 글
씨가 적은 문고판인 경우인데, 대개 야구에 관해 아무것도 쓰

여 있지 않다. 하루 종일 살펴봐도 옮겨 적을 부분이 전혀 없을 때도 있다. 그런 날은 무척 쓸쓸하다. 반대로 한 권에 며칠이나 걸릴 때도 있다. 옮겨 적을 게 많기 때문이다.

책이라고 하는 것에는 여러 종류가 있다. 공상과학소설이나 사전 혹은 교과서 같은. 그러나 나에게 필요한 것은 그런 책이 아니다. 야구에 관해 얼마나 쓰여 있나. 내가 알고 싶은 것은 그것뿐이다.

* * *

블룸펠트는 공이 있는 쪽으로 몸을 숙이고 다시 한번 잘 관찰해본다. 틀림없이 흔히 볼 수 있는 셀룰로이드 공인데 아무래도 내부에 더 작은 공이 두세 개 들어 있는지, 딸깍딸깍하는 소리가 났다. 실 같은 것으로 매달아둔 게 아닌가 하고 손을 공중에 뻗어보지만 그렇지는 않다. 공은 스스로 움직이고 있었다. 유감스럽게도 블룸펠트는 작은 어린아이가 아니다. 아이라면 이 신기한 두 개의 공을 보고 미칠 듯이 기뻐할 것이다. 그러나 이제 그는 이 모든 일에 왠지 모르게 기분이 나빠지고 있었다. 아무도 살피지 않는 독신자가 조용히 혼자 살고 있는 것은 그런대로 의미가 있기 때문이다. 그래서 누군가가—누구라도 상관없지만—이 비밀스러운 생활 속에 이상한 공을 두 개나 숨겨 보내온 것이다.

* * *

나는 지금 이 아름다운 문장을 막 옮겨 적었다. 손끝에는 아직도 그때의 흥분이 남아 있다. 이 글을 쓴 자는 프란츠 카프카라는 사람이다. 아마 나처럼 독신이었나 보다. 나는 프란츠 카프카를 참 좋아한다.

이 일을 시작하고 나서 나는 꽤 많은 문장을 공책에 옮겨 적었다. 딱 한 번밖에 옮겨 적을 기회가 없었던 사람도 있다. 몇 번이나 그 문장을 옮겨 적은 사람도 있다. 문장은 기억하고 있어도 그걸 쓴 사람의 이름은 좀처럼 외워지지 않는다. 내가 거기에 쓰여 있는 것들에만 흥미를 가지고 있기 때문이다. 누가 썼든 내 알 바 아니지만, 때로는 신경이 쓰일 때도 있다.

프란츠 카프카라는 사람의 문장은 벌써 몇 번이나 옮겨 적었다. 나와 마찬가지로 그도 야구에 깊은 관심을 가지고 있었다. 문장을 읽으면 잘 알 수 있었다. 이 카프카라는 사람을 알고 싶었던 나는 어쩌다 친구가 찾아올 때면 이렇게 질문했다.

"카프카라고 해. 어떤 경력을 가진 사람인가 궁금해서 말이야. 어쨌건 야구에 대한 정열이 대단해. 상당한 수준에 이른 선수라고 생각하는데, 뭐 좀 아는 것 있어? 읽어본 바로는 포수 정도였을 것 같은데. 이만한 선수가 후보였을 리는 없고."

그러나 언제나 대답은 "잘 모르겠는데"라는 식이었다.

나는 언젠가 이 카프카라는 사람을 더 자세히 조사해볼 생각이다.

오후 일곱시. 나는 지금 '리치의 가게'에 있다.

일이 끝나면 야구에 관한 문장을 옮겨 적은 공책을 들고 리치의 가게에 가 뜨거운 카페오레를 마신다. 여름에도 겨울에도. 이것이 내 습관이다.

눈앞에 편 공책의 크림색 종이에는 녹색 잉크로 쓰인 글씨가 빼곡히 차 있다. 글씨 하나하나의 크기는 큰 편이고 약간 모가 나 있다. 야구에 관해 쓰기에는 그게 제일 좋다. 녹색 잉크의 좀 큼지막한 글씨가.

"어때? 일 좀 많이 했어?" 카페오레를 테이블 위에 놓으며 가게 주인인 리치가 내 앞의 의자에 앉았다.

"응. 오늘은 꽤나 머리가 아팠어. 언뜻 보기에는 야구에 관해 쓰여 있지 않은 것처럼 보이는 책이었거든."

"힘들었겠구나." 리치는 안되었다는 듯이 어깨를 으쓱한다.

"아니, 그렇지는 않아. 그게 내 일이고, 좋아서 하는 거니까."

"혹시 괜찮다면 오늘 네가 옮겨 적은 부분을 들려주지 않을래?"

"괜찮고말고."

나는 오늘 쓰기 시작한 곳을 펼쳤다.

"좀 긴 게 하나 있어. 이 사람의 문장은 전에도 옮겨 적은 적이 있어."

"어떤 사람인데?"

"잘 모르겠지만, 아마도 소설가거나 비슷한 일을 하는 사람이 아닌가 싶어. 그렇지만 뭐랄까."

"세상을 피해 숨어 사는 임시 모습?"

"그래그래. 그거야, 리치. 소설가라든가 뭐 그런 직업에 종사하고 있다고 확실히 쓰여 있지만, 내 눈은 속일 수 없어."

"그래. 네 눈은 굉장히 예리하니까."

"준비됐어?"

"응. 부탁해."

나는 읽기 시작했다.

***

"램프 불빛 아래에서 하루 치의 글을 쓰고 있으려니 희미한 소리가 들려온다. 쓰던 손을 멈추니 소리도 멈춘다. 종이에 끄적이기 시작하면 그 소리가 또 들려온다. 생쥐가 한 마리 깨어 있는 것이다."

이것은 말할 것도 없이 르나르(프랑스의 소설가 겸 극작가-옮긴이)의 《박물지》의 한 구절입니다.

"형광등 불빛 아래 원고지를 마주하고 있자니 희미한 소리가 들려왔다. 펜을 멈추자 그 소리도 멈춘다. 다시 쓰기 시작하자 또 부스럭부스럭. 그녀가 깨어 있는 것이다."

이건 내가 쓴 소설 《아침마다 배달되는 두 병의 요구르트 중 한 병이 사과 맛인 것은 요구르트 배달원 아줌마의 나이와 관련이 있을지도 모른다》의 한 구절입니다. 이걸 읽은 독자 한 명이 내게 편지를 보냈습니다.

"친애하는 작가 분께

내가 읽어본 바로는 이 부분 외에도 제법 《박물지》를 모방한 곳이 있었다. 무려 159군데나. 모방에 의존하는 것은 이젠 그만 좀 하고 가끔은 제대로 된 소설을 써보면 어떤가? 내가 좋은 아이디어를 줄 테니. 인간을 등장시키니까 복잡해지는 거야. 백곰을 주인공으로 해보는 게 어떤가?

독자로부터.”

겨우 10쪽밖에 안 되는 작품인데도, 한 권의 책에서 159군데나 힌트를 따오다니 마음의 소양이 없는 사람이나 하는 짓입니다. 그럴 바에야 《박물지》에서 10쪽을 통째로 베끼는 것이 나을 수도 있습니다. (뭐니 뭐니 해도 《박물지》는 250쪽이나 되니까 조금쯤 나누어 갖는다고 한들 벌은 안 받을 것입니다.) 놀란 나는 오래전 치워두었던 《박물지》를 책장에서 꺼내 내가 쓴 소설과 함께 읽어보기로 했습니다.

처음에는 아무리 비교해도 어디가 비슷한지 전혀 알 수가 없었습니다. 그러나 이게 웬일입니까! 문득 깨달았습니다. “완전히 《박물지》 그 자체잖아!”

나도 모르게 신음을 냈습니다.

“그까짓 것, 어느 쪽이면 어때?” 그녀는 대담하게 말합니다. 그러나, 그렇게는 안 됩니다. 《아침마다 배달되는 두 병의 요구르트 중 한 병이 사과 맛인 것은 요구르트 배달원 아줌마의 나이와 관련이 있을지도 모른다》가 어느샌가 르나르의 《박물지》로 바뀌어 있는 것입니다. 그것은 내 작가 생명과도 관계있는 중요한 문제라고 해도 과언이 아닙니다.

나는 파인애플 맛 요구르트를 먹으면서 이렇게 말했습니다.

"어릴 적에 읽은 《박물지》의 기억이 깊은 무의식의 세계에서 떠오른 것이 아닐까?"

"별일이야"라고 그녀는 말합니다.

"어제 본 영화 줄거리조차 기억 못 하면서."

"그렇다면" 하고 이번에는 내가 말합니다.

"내 내부에 숨어 있던 르나르적 자질이 인생의 중반에 접어들어 겨우 꽃핀 것이 틀림없어."

"그것도 아닐걸." 그녀는 무자비하게 말했습니다.

"르나르의 《홍당무》는 네 소설보다 백배나 재미있으니까."

아아, 그러나, 누가 《홍당무》보다 재미있는 소설을 감히 쓸 수 있으랴!

나는 그로부터 한참 동안 무척이나 좋아하는 낮잠 시간을 없애면서까지 이 문제를 계속해서 생각했습니다. 그리고 다음과 같은 결론에 다다랐습니다. 내게는 《박물지》적 변환 능력이 있다는 것입니다.

"그녀는 내가 뿔 사이를 긁어주는 것을 좋아한다. 나는 조금 뒷걸음질을 친다. 그녀가 기분이 좋아 자꾸 다가오기 때문이다. 커다란 덩치로 얌전하게. 언제까지나 잠자코 그렇게 있기 때문에, 드디어 나는 그녀의 똥을 밟아버린다."

이것은 《박물지》입니다. 그리고 이때 그녀란 '암소'를 말합니다.
그리고 나의 《요구르트 아줌마》(너무 길기 때문에 줄이겠습니다)는 이렇습니다.

"그녀는 나에게 머리를 쓰다듬어달라고 하길 좋아한다. 나는 언제까지나 싫증을 내는 일 없이 그녀의 부드러운 머리를 쓰다듬어준다. 문득 보면 그녀는 어느새 잠이 들어버린다."

과연, 이것이 《박물지》적 변환이구나. 그렇게 당신은 생각했겠지요?
그럼 다음번 예.

"그녀는 마당 한복판을 뽐내며 걷고 있다."

걸어 다니고 있는 것은 '칠면조'입니다.

"그녀는 방 안 한복판을 뽐내며 걸어 다녔다. 마치 보이 조지(영국의 록 가수-옮긴이)처럼."

이쪽은 《요구르트 아줌마》입니다.
그러면 그다음.

"또한 어떤 놈들은 오로지 연애에만 열중하고 있다."

'개구리'이지요.

"그녀는 사랑하고 있다."

내가 썼습니다.

"나는 그에게 말한다.
— '자. 돌려다오, 그 앵두를, 지금 당장.'
'돌려줄게'라고 찌꼬리는 대답한다."

'꾀꼬리'라고 합니다.

"6번으로 돌려! 〈금요일의 아내들 제3편 사랑에 빠져서〉를 볼 거야' 하고 나는 말한다.
'싫어' 하고 그녀는 대답한다. '〈명화 극장〉 쪽이 더 좋은걸.'"

이런 글을 쓰는 것은 물론 나입니다.

"내 고양이는 쥐를 먹지 않는다. 그런 일을 하는 것이 싫은 것이다. 쥐를 잡아도 가지고 놀다가 싫증이 나면 목숨만은 살려준다. 그러고는 어딘가로 가서 둥글게 튼 꼬리 안에 들어앉아 주먹처럼 맵시 있게 생긴 머리로 잡념 없이 몽상에 잠긴다. 그러나 쥐는 고양이의 손톱자국 때문에 죽어버린다."

물론 르나르의 '고양이'입니다.

"야옹야옹' 하고 그녀가 말했다."

물론 그녀는 고양이가 아닙니다.
잘 이해하셨습니까? 나는 내가 쓴《요구르트 아줌마》와 르나르의《박물지》를 비교해보았습니다. 그리고 놀랄 정도로 닮은 곳을 발견했습니다. 나는《요구르트 아줌마》를 쓰기 위해《박물지》를 읽을 필요조차 없었던 것입니다. 그저《박물지》적 변환키를 누르기만 하면 되었으니까요.

* * *

"과연 그렇구나." 머리를 숙이고 조용히 내 이야기를 듣고 있던 리치가 말했다. "자네 말대로 야구 이야기가 쓰여 있는 것 같아. 그렇지만 주의 깊게 보지 않으면 지나쳐버릴 것 같은 구절들이야."

"그래. 처음에는 나도 몰랐어. 그렇지만 영감이 떠오른 거야. '이건 참 묘하구나'라고. 여기에는 뭔가 숨겨져 있다고 느꼈어."

"자넨 현역일 때부터 민감했어."

"그렇지는 않아. 하지만 이것은 알았어. 리치, 이 사람은 복잡한 사인에 관해 쓰고 있어. 야구에는 복잡한 사인이 있다는 것을 쓰고 싶었던 거야. 사인은 야구에서 매우 중요하니까."

"아아, 물론. 중요하니까 무척이나 복잡한 것이 되고."

"그래. 포수가 내는 사인, 벤치에서 감독이 삼루 코치에게 보내는 사인 그리고 이루수가 내야수 전원에게 보내는 사인. 시합 중에는 많은 사인이 오가고 있어."

"그러면 지금 자네가 읽은 곳에 그런 일들이 적혀 있다는 것이군."

"바로, 그거야, 리치."

나는 살짝 고개를 끄덕였다. 그러나 가슴속은 들끓는 듯했다.

"나는 르나르라는 사람도, 그 사람이 쓴 《박물지》라는 책이나 《홍당무》라는 책도 모르지만, 아마 그 책에는 야구에 관해 여러 가지 일들이 쓰여 있을 거라고 생각해. 지금 읽은 책의 저자가 써놓은 것으로 짐작해보면 그렇게 단언할 수 있어. 이번에는 꼭 르나르라는 사람의 책도 조사해볼 거야."

"무척 좋은 생각이야. 꼭 그렇게 해. 그리고."

거기까지 말하고 리치는 입을 다물었다. 발소리가 다가왔다. 작은 발걸음 소리였다. 그 소리는 리치의 가게 앞에서 딱 멈췄다.

"누군가 가게 앞에 서 있는 것 같아." 리치는 말했다.

"들어오고 싶은데 못 들어오는군."

"어떻게 도와줄 수가 없네. 목덜미를 잡아끌고 들어올 수도 없잖아."

우리들은 잠자코 귀를 기울이고 있었다. 그게 누구든지 간에 우리들은 도와줄 수가 없었다.

리치는 눈을 감은 채로 생각에 잠겨 있었다. 나는 내 공책의 녹색 글씨를 가만히 바라보고 있었다.

오랜 시간이 흐른 것 같았다. 문이 열리는 소리가 들렸다. 리치는 눈을 뜨고 문을 향해 말했다.

"보이, 문을 닫고 이리로 와."

들어온 것은 소년이었다.

소년은 꽤 긴장하고 있었다. 여기가 어디고, 자기가 무엇을 하러 여기까지 왔는지조차 완전히 잊어버린 것 같았다. 할 얘기가 너무 많아서 어디서부터 말을 꺼내야 할지 모르는 것이다.

"보이, 그 의자에 앉거라. 레모네이드 좋아하니?" 리치는 말했다.

소년은 잠자코 끄덕였다.

"좋아. 내가 지금 따뜻한 레모네이드를 만들어줄게. 그리고 천천히 너의 이야기를 듣자꾸나."

"전, 당신을 알아요." 소년은 말했다. "굉장히 위대한 투수였지요?"

리치는 나를 보고 부드럽게 미소 지었다.

그리고 소년은 내 쪽을 보고 말했다.

"당신도 알고 있어요. 굉장히 위대한 타자였지요?"

나는 가만히 소년의 얼굴을 보았다.

"모두 큰아버지가 알려주셨습니다. 여기에 오면 당신들을 만날 수 있다고. 그리고 당신들이 여러 가지를 가르쳐줄 것이라고. 그래서 왔습니다."

"혼자서 왔니?" 나는 물었다.

"네."

"힘들었겠구나."

"네, 몹시."

"알 것 같아."

소년의 운동화는 무척 더러웠다. 쓰고 있는 야구 모자의 차양엔 먼지가 가득했다. 소년은 길고 힘든 여정을 거쳐 여기까지 찾아온 것이다.

리치는 소년 앞에 레모네이드를 놓았다. 레모네이드에서 뜨거운 김이 피어오르고 있었다.

"레모네이드를 마시거라. 몸이 풀릴 테니." 리치는 말했다.

소년은 따뜻한 레모네이드를 양손으로 들고, 조금씩, 그러나 맛있게 마셨다. 남이 따뜻한 음료를 맛있게 마시는 모습을 보는 건 언제나 기분이 좋았다. 소년은 레모네이드를 다 마시고 컵을 테이블 위에 내려놓았다. 소년의 몸이 완전히 풀린 게 틀림없었다.

　"자, 보이" 하고 리치는 말했다. "네가 이야기할 차례야."

　"야구에 관해 배우고 싶어요." 소년은 말했다.

　"보이, 야구를 본 적은 있니?"

　"아직요. 제 주위에서는 아무도 야구를 모르고, 텔레비전에서도 안 하니까 본 적이 없습니다. 그렇지만 큰아버지가 야구 동작을 제게 보여주셨어요. 투수가 마운드에서 일루 주자를 견제하는 폼을 취하다가 이루에 견제구를 던지는 동작, 투수가 마운드 위에서 획획 어깨를 돌리는 동작, 타자가 야구방망이 끝으로 홈베이스를 툭 치고 스파이크로 타자석을 발로 파는 동작 그리고 감독이 구원투수의 상태를 묻기 위해서 불펜에 전화를 거는 동작, 이렇게 네 가지입니다. 이것이 야구의 가장 기본적인 동작이라고 큰아버지가 말했어요. 그거면 충분하다고. 잘 모르니까 진짜 야구를 보는 것은 좋지 않다고."

　"이 보이의 큰아버지가 하는 말은 다 옳아." 리치는 감개무량한 듯이 말했다.

　나는 고개를 끄떡이고는 리치를 대신해 소년에게 질문했다.

　"네 큰아버지는 또 어떤 것을 가르쳐주셨니?"

　"여러 가지요. 제일 많은 시간을 할애해서 가르쳐준 것은 야구 선수들이 한 농담입니다. 가령 완투승 직전이 되면 긴장해서 꼭 핀치에 몰리는 투수가 있었는데, 그의 긴장을 풀어주기 위해 감독은 언제나 마운드까지 가서 '이봐. 시합이 끝나면 저녁에 뭘 먹을지 생각해 봐'라고 말했다는 거예요. 처음에는 괜찮았는데 나중에는 감독이 충고만 하러 가면 금방 녹아웃이 되더랍니다. 감독은 이상하다고 생각했어요. 어느 날 그 투수가 또 핀치에 몰리자 감독은 마운드까지 가서 아까 그 식사 얘기를 하려고 했습니다. 그랬더니 투수는 '저녁 식사 메뉴에 신경이 쓰여 투구에 집중할 수가 없어요'라고 했대요."

"그 얘기라면 나도 안다. 확실히 그 얘기에는 야구에 관한 깊은 예지가 새겨져 있구나. 네 큰아버지는 멋진 코치인 것 같다."

"고마워요."

리치는 나와 소년을 번갈아 바라보면서 기뻐서 어쩔 줄을 모르겠다는 식으로 그냥 벙긋벙긋 웃고만 있었다. 리치는 야구에 관해 얘기하고 있는 것을 보는 걸 무엇보다도 좋아했다. 더구나 얘기를 하고 있는 상대는 나 같은 늙은이가 아니라 아주 어린, 실제 야구를 본 적조차 없는 소년이다. 마음속의 기쁨을 반영하듯 리치의 얼굴은 반짝반짝 빛나고 있었다.

"부탁입니다. 제게 야구에 관해 가르쳐주세요." 소년은 진지한 눈빛으로 나와 리치를 보았다.

"이 소년은 진심인 것 같아." 리치는 말했다.

"그건 나도 알 수 있어."

"물론 진지한 게 언제나 좋은 건 아냐."

"그렇지만 야구에 관해서는 진지한 게 좋다고 생각해." 나는 말했다.

리치는 자리에서 일어나 카운터 안에 쪼그리고는 뭔가를 손에 들고 돌아왔다. "이걸 줄게." 리치는 말했다. "나는 이젠 야구로부터 너무나도 많이 떨어져 있어서 너에게는 아무것도 가르쳐줄 수가 없어. 그러니까 그 대신이야."

"이건 무슨 물건이에요?" 소년은 그것을 손에 들고 흥미롭게 바라보면서 말했다.

"그것은 글러브라는 거야. 투수가 쓰는 도구지. 큰아버지가 안 가르쳐주시던?"

"야구에서 쓰는 물건은 거의 본 적이 없어요. 플레이트라는 것은 본 적이 있어요. 그것을 밟으면 어떤 투수라도 용기가 솟는 신비스런 힘이 있다고 큰아버지는 말하셨지요. 그렇지만 초보자는 도구에 너무 의존하니까 지금은 도구에 관한 생각은 머리에서 쫓아내버리라고 하셨어요."

"말 그대로야, 보이. 도구를 사용해서 실제로 야구를 하는 것은 언제라도 할 수 있어. 네 큰아버지 말씀대로 야구를 하기 위해서는 우선 농담이나 일화를 많이 외워두는 일부터 시작해야 해."

소년은 글러브를 꽉 껴안고는 내 쪽을 바라보았다.

리치는 소년에서 나에게로 시선을 옮기며 이렇게 말했다.

"보이, 나는 무리지만 이 사람이라면 여러 가지를 가르쳐줄
거라고 생각해."

나 또한 리치와 마찬가지로 야구로부터 너무나도 떨어져 지
내왔다.

"나는 지금도 매일 야구를 생각해." 나는 소년에게 말했다.
"벌써 몇십 년이나 야구만을 생각해왔어. 아주 옛날에는 야구
를 꽤나 잘 알고 있다고 믿었지. 플레이를 하지 않으면서부터
는 점점 더 야구를 알지 못하게 되었어. 그리고 지금은 거의 야
구를 모른다는 생각이 들어."

소년은 안 되었다는 듯이 미소를 지었다.

"나는 모르지만, 야구를 잘 알고 있는 사람들은 많이 있어.
이것을 보렴."

그렇게 말하며 나는 공책을 소년 앞에서 펼쳐 보였다.

"자 봐, 녹색 잉크로 쓴 곳이 있지? 이것은 전부 다 야구에
관한 말들이야. 너와 같은 소년들에게 남겨진 말들이란다."

"이 소년을 위해 그것을 읽어주면 어때?" 리치는 말했다.

"나도 방금 그 생각을 하고 있었어. 듣고 싶니?" 나는 소년에게 물었다.

"네. 엄청이요." 소년은 대답했다.

나는 훌훌 공책을 넘겼다. 소년은 공책을 넘기는 내 손과 얼굴을 긴장된 모습으로 번갈아 보고 있었다.

"'나는 4번 타자였고 일루를 지켰다. 자주 사구로 출루하던 것을 기억하고 있어.'

이것은 스미노미야(일본 다이쇼천황의 넷째 아들 다카히토 친왕의 별칭-옮긴이) 황태자의 말이야. 4번 타자이자 일루를 지키는 모든 선수들이 영원히 마음에 새겨야 할 겸손한 말이라고 생각해."

나는 조용히 공책을 넘겼다.

"'밤에 오이 귀신이 밭에서 바람에 흔들리고 있는 것을 메뚜기의 망령이 뛰어넘었다.'

월트 휘트먼이라는 사람이 이루를 견제할 때의 마음가짐을 쓴 거야. 휘트먼은 야구를 아직 '타운볼'이라고 부르던 시절의 선수였는데 이 한 구절로 불멸의 명예를 얻게 되었어. 이루를 견제할 때의 스텝은 매우 어려워서, 프로 리그에 들어온 지 4~5년 된 선수는 도저히 익힐 수가 없어. 아무리 코치가 여러 말로 가르쳐줘도 휘트먼의 말보다 적절한 조언은 아직 없을 정도야. 예전에 우리 팀 코치도 '꼭 풍뎅이 같군. 왜 메뚜기의 망령이 되지 못하지?'라고 곧잘 말했어. 이루나 유격수 위치를 지키는 선수들에게 모든 코치가 가르쳐주는 전설적인 명언이야."

소년은 깊이 감명받고 있는 듯했다. 리치는 파이프로 담배를 피우기 시작했다. 가게 안팎이 조용하고 아무 소리도 들리지 않았다. 나는 또 공책을 넘겼다.

"이건 좀 길어." 나는 혼잣말을 하듯이 말했다.

"제목은《텍사스 건맨스 대 앵그리 헝그리 인디언스》라고 하는데 이것은 내가 임시로 붙여놓은 이름이야. 여하튼 표지는 아주 옛날에 벗겨져 없어져버렸고 작가 이름도, 제목도 몰라. 아무래도 도서관의 소설 코너에 잘못 놓인 것 같아. 사실은 오래전의 야구 시합 기록인데 직원이 뒤뜰의 소각로에서 태우려던 것을 내가 부탁해서 받아 왔어. '여름방학 숙제를 하러 오는 초등학생이 이 책을 찢어서 코를 풀어요. 무슨 이유 때문인지 찢기는 것은 이 책뿐이에요. 책이라면 얼마든지 있는데도 말입니다. 마침내 앞부분 10장 외에는 모두 코를 푸는 데 쓰여서 없어졌어요. 전부 코 푸는 종이로 쓰이는 것은 너무 불쌍하기 때문에 태우기로 한 것입니다'라고 그 직원은 말했어. 나는 책의 내용을 옮겨 적은 후 몰래 도서관의 스포츠 코너에 돌려놨어. 요전에 보러 갔더니, 마지막 남은 한 쪽으로 초등학생이 코를 풀고 있잖아. 나는 몹시 화를 내며 그 초등학생의 귀를 잡고 야단을 쳤지. 나잇값을 좀 못한다고 생각은 했지만 예절이라는 것을 알아야 하니까. 그랬더니 그 초등학생은 미안해하는 기색도 없이 '이 도서관은 냉방이 너무 잘 되어서 할 수 없어요, 아저씨'라고 하잖아. 결국, 내가 읽을 수 있었던 것은 옮겨 적은 10장뿐이었어. 그렇지만 거기에는 야구에 관한 많은 교훈이 담겨 있다고 생각해. 그럼 읽을게."

리치는 담배 연기를 뿜으며 눈을 감았다. 소년은 주먹을 불끈 쥐었다.

나는 읽기 시작했다.

* * *

텍사스 건맨스

대

앵그리 헝그리 인디언스

제1장. 텍사스주 포트워스, 1901년 여름

부치는 안락의자에 기대어 정부인 큰 코(빅 노즈) 리리가 매니큐어를 칠하는 것을 보고 있었다. 큰 코(빅 노즈) 리리는 왼손 엄지손가락에서 매니큐어를 칠하기 시작해 이제 오른손 검지에 이른 참이었다.

"있잖아, 부치." 큰 코(빅 노즈) 리리는 코맹맹이 소리로 아양을 떨며 말했다.

"뭐야?"

"당신 지금 무슨 생각해?"

"네가 오른손 검지에 매니큐어를 칠하고 있구나, 하고 생각하던 중이지."

'이 사람은 언제나 이래' 하고 큰 코(빅 노즈) 리리는 생각했다. 틀림없이 내 몸에 대해서만 생각하고 있었을 거야. '어제는 오른손으로 왼쪽 젖가슴을 만지기 시작했으니까 오늘은 왼손으로 오른쪽 젖가슴을 만지기 시작해야'라든가.

"색골."

큰 코(빅 노즈) 리리는 부치에게 윙크를 하면서 말했다.

"무슨 소리야."

큰 코(빅 노즈) 리리가 매니큐어를 칠하는 모습을 구경하는 것에도 싫증이 난 부치는 벽에 걸려 있는 그림을 바라보기로 했다. 그림 속에는 부치가 아직 가보지 못한 아프리카의 초원이 있었다. 끝없이 펼쳐진 대초원을 분홍색 기린이 코끼리 모양의 숄더백을 메고 걷고 있었다.

"있잖아, 부치." 매니큐어를 다 칠하자 큰 코(빅 노즈) 리리는 말했다.

"뭐야?"

"지금 무슨 생각해?"

부치는 열심히 그림을 보면서 대답했다.

"코끼리 모양의 숄더백을 가지고 싶다고 생각하던 중이야."

"거짓말쟁이."

사실은 '오늘 밤 내 팬티를 어느 쪽부터 벗길까' 하고 생각했으면서. '앞에서부터 벗길까, 오른손 엄지손가락을 팬티 끝에 걸쳐 뒤에서부터 한꺼번에 벗길까, 아니면 두 손으로 둘둘 말아 벗길까' 하고. 그렇지만 부치, 당신은 내게 허를 찔리고 말걸. 난 팬티 따위는 안 입을 거니까. 큰 코(빅 노즈) 리리는 그 장면을 상상하자 몹시 흥분됐다.

"호색한."

"무슨 소리야."

큰 코(빅 노즈) 리리는 부치의 뒤편으로 돌아 부치의 목을 양손으로 감싸 안았다.

"당신이란 사람은 좀처럼 본심을 얘기하지 않잖아."

"그렇지는 않아."

물론 그건 큰 코(빅 노즈) 리리가 잘못 생각한 것이다. 부치 캐시디(미국 서부 개척 시대 후기의 무법자-옮긴이)는 큰 코(빅 노즈) 리리가 생각하는 것만큼 사려 깊지도 않았고 색골도 아니었다. 부치 캐시디는 아무 생각도 하지 않는 것으로 유명한 남자였다.

제2장. 호텔 '흰 종마(화이트 스탤리온)', 빨셈

그즈음 호텔 '흰 종마(화이트 스탤리온)'의 한 방에는 선댄스 키드(미국 서부 개척 시대 후기의 무법자이자 부치 캐시디의 파트너-옮긴이)와 그의 애인 에타 플레이스가 침대 속에 있었다. 둘 다 실오라기 하나 걸치지 않은 알몸이었다. 바로 조금 전까지 두 사람은 사랑을 나누고 있었던 것이다.

"키드." 선댄스 키드의 가슴에 머리를 올려놓은 채 에타 플레이스는 작은 목소리로 속삭였다. 사랑을 나눈 뒤였기에 뭔가 말하고 싶어졌던 것이다.

"키드."

대답은 없었다. 에타 플레이스는 아주 잠시 실망했다. 하지만 할 수 없다. 선댄스 키드는 1년 내내 사색에 잠겨 있기로 유명했다. 사랑을 나눌 때조차 그랬다. 조금 전만 해도 사랑을 나누면서 뺄셈만을 생각하고 있었다.

"에타." 무거운 목소리로 선댄스 키드가 말했다.

"키드, 뭐?"

"아까부터 생각하고 있었는데." 선댄스 키드는 주의 깊게, 말을 고르면서 말했다. "여덟 개의 사과에서 세 개의 사과를 빼면 남는 것은 다섯 개의 사과야. 8 빼기 3은 그런 것이라고 옛날에 선생님이 가르쳐주셨어. 그럼, 여덟 마리의 생쥐로부터 세 마리의 너구리를 빼면 뭐가 남을까? 요전에 부치에게 물어보았더니 부치는 '아무것도 안 남는 것 아냐? 그것보다는 내게 잼을 좀 집어줘'라고 하더라고. 그런 일이 있을 수 있을까?"

"다른 종류의 것들은 뺄 수가 없어."

전에 교사였던 에타 플레이스는 자신 있게 대답했다.

"그럼, 세 개의 크레용에서 한 개의 크레용을 빼면 어떻게 돼?"

"두 개가 남지."

"빨강과 노랑, 녹색의 크레용에서 빨간 크레용을 빼면?"

"노랑과 녹색의 크레용이 남지. 키드, 나 좋아해?"

"대답이 다르잖아!"

"빨강이든 노랑이든 녹색이든 크레용은 다 크레용이지."

"카페오레에서 커피를 빼면 어떻게 되는 거야? 에타, 1 빼기 1은 제로인가?"

"카페오레에서 커피를 빼면 남는 것은 우유야. 키드, 생각은 나중에 하고 맥주라도 마시지 않을래?"

"어떻게 빼는 거야? 에타."

선댄스 키드는 미간에 주름을 잡고 말했다.

"카페오레에서 커피는 뺄 수 없어. 커피에 우유를 더해 카페오레를 만들 수는 있어도 그 반대는 무리일 테니까."

제3장. 선술집(설룬) '소머리집(불스 헤드)', 신학적

그 무렵, 서부 전체에 이름이 알려진 선술집(설룬) '소머리집(불스 헤드)'의 회전문을 열고 한 명의 총잡이가 들어왔다.

그는 전형적인 총잡이 차림을 하고 있었다. 더럽혀진 벅스킨(사슴이나 양의 가죽-옮긴이)으로 된 의상, 차양이 제법 넓은 총잡이 모자, 거대한 박차가 달린 가죽 부츠 그리고 두 자루의 '콜트 44 피스메이커(서부 개척 시대에 사용된 회전식 권총으로 '피스메이커'로 통칭한다. 주로 45LC(롱콜트)탄을 사용하지만 44-40탄

을 쓰기도 했다-옮긴이)'를 갖춘 가죽 탄대와 해골 모양의 뼈로 만든 칼자루가 달린 카우보이 나이프를 부츠 옆에 늘어뜨린 차림이었다.

총잡이는 가게 안을 한 바퀴 둘러보더니 갑자기 10피트 이상 떨어진, 카운터 밑에 있는 세 개의 항아리를 향해 가래를 뱉었다.

그가 뱉은 가래는 첫 번째 항아리에 곧바로 들어갔다. 두 번째에는 커브로 들어갔다. 그리고 세 번째에는 총잡이의 가래가 맹렬한 스피드로 상공을 통과하다 항아리의 바로 위에서 딱 멈추고는 낙하했다. 포크볼이었던 것이다.

"한번 달아봐. 어느 가래의 무게도 1000분의 1온스의 오차도 없을 테니."

총잡이는 혼잣말을 하듯이 말했다.

선술집(설룬)은 정적이 가득 차고 기침 소리 하나 들리지 않았다.

총잡이는 큰 걸음으로 카운터에 다가가 25센트짜리 동전을 그 위에 내동댕이쳤다.

"조 기디언 한 잔. 바텐더, 놈은 어디 있어?"

"어르신."

새하얀 새 행주로 유리컵을 닦으면서 '소머리집(불스 헤드)'

의 바텐더, 제레마이어 '교수(프로페서)' 토머스는 말했다.

"놈이란 누굴 말씀하시는지요? 여기에는 포트워스의 높으신 분들이 모두 모여 계십니다. 저 테이블에서 카드를 치는 분이 패터슨 은행장님, 앰니 판사님 그리고 목장 주인 셰리든 씨. 그쪽 테이블에서 가위바위보를 하는 분이 호일러 보안관과 미망인인 애플턴 씨. 어르신이 찾는 분이 있는가요?"

"저놈은 누구야?"

총잡이는 고주망태가 되어서 카운터에 엎어져 있는 노인을 힐끗 보았다.

"설리번 목사요."

총잡이는 의심스러운 얼굴로 그 노인을 향해 말을 걸었다.

"이봐, 거기 늙은이."

"나쁜 짓을 하는 놈은 지옥에나 떨어져."

노인은 엎드린 채 중얼거리듯이 말했다.

"나쁜 짓을 안 해도 지옥에 가도록 되어 있는 놈은 어떡하든지 지옥에 가. 좋은 놈도 잘못해서 지옥에 떨어질 때도 있어. 그러니까 하나님 따위는 안 믿는 게 좋아."

총잡이는 감탄한 듯이 끄떡이고는 바텐더인 제레마이어 '교수(프로페서)' 토머스에게 말했다.

"틀림없어. 이놈은 목사야."

제4장. 노상에서, '시대'

그 무렵, 말을 탄 두 남자가 포트워스의 길 위를 스쳐 지나가고 있었다.

한 사람은 핀커턴 탐정소 제일의 명탐정, 잭 '도덕적 권고(모럴 슈에이션)' 모건이었다. 그는 부치 캐시디와 선댄스 키드를 쫓아 동부에서 머나먼 길을 떠나온 것이다.

또 한 사람은 전설적인 서부의 수배자로 무수한 에피소드를 남기고 노래로도 불리다 결국 스스로 노래하는 총잡이(싱어송 건맨)가 된, 로버트 '더러운 공산주의자(더티 리틀 레드)' 포드였다.

두 사람을 태운 말이 그야말로 스쳐 지나가려고 하는 순간, 심상치 않은 분위기를 느낀 두 사람은 동시에 말을 세웠다.

"거기에 계신 어르신" 하고 잭 '도덕적 권고(모럴 슈에이션)' 모건은 말했다.

"저는 잭 모건이라는 사람입니다. 여행 중에 실례인 줄은 압니다만, 괜찮으시다면 어르신의 존함을 여쭤봐도 될까요?"

"거참, 이상하군." 로버트 '더러운 공산주의자(더티 리틀 레드)' 포드는 손에서 한시도 놓은 적이 없는 모리스의 기타로 C→A7→Dm7→G7→C로 이어지는 코드를 치면서 말했다.

잭 '도덕적 권고(모럴 슈에이션)' 모건은 총잡이의 물 흐르는 듯한 멋진 손놀림을 보고 순식간에 그 정체를 알아챘다. 그러고는 그 총잡이의 손가락을 타고 흘러나오는 멜로디에 마음이 강하게 흔들리는 것을 느꼈다.

"어르신이 연주하시는 그 음조는 제가 이제껏 들어본 적 없는 곡인데."

"여기서 말을 주고받는 것도 무슨 인연이 있어서겠지. 어디한 곡조 불러드리지."

로버트 '더러운 공산주의자(더티 리틀 레드)' 포드는 기타 줄을 맞추고는 낮고 그늘진 목소리로 노래하기 시작했다.

C지금은 A7이렇게나 Dm7슬퍼서

G7눈물조차 말C라버리고

이Am젠 다시 웃는 얼굴F로는

돌아갈Dm7 수 없Fm7을 것 같지만G7C

C그런 시E7대도 있F었지 하C고

Am언젠가 Em 말할 수 있는 날Dm7이 올D7 거G7야

C저런 시E7절도 있F었지 C하고

Am반드시 Em웃으며 Dm7말할 D7수 있을 G7거야

Am그러니까 오Em늘은 걱F정일랑 하지 말Fm고

C오늘 부는 Am바람에 F몸을 G7내어 맡기C자

돌고 C돌아가요 시Am대는 돌아가요

F기쁨도 슬픔도 돌고 G7돌아요

오늘Em은 헤어Am져버린 Dm연인들Fm도

Em다시 Am태어나Dm서 만G7나게 C돼요*

(*일본의 가수 나카지마 미유키의 〈시대〉-옮긴이)

사라져가는 '변경(프론티어)'과 그 '위대한 서부' 시대를 애석해하는 절절한 멜로디가 포트워스의 먼지 나는 길 위에 퍼져나갔다.

음악에 취해 있던 잭 '도덕적 권고(모럴 슈에이션)' 모건은 문득 제정신으로 돌아와 비통하게 외쳤다.

"진정한 우리의 동지! 아아, 그러나 그는 도둑이고 나는 포리(죄인을 잡던 관리-옮긴이)라니!"

제5장. 포트워스의 '다과회(티 파티)', 건망증

"부탁해, 부치."

"오케이, 리리."

그 무렵, 큰 코(빅 노즈) 리리로부터 볼일을 부탁받은 부치 캐시디는 휘파람을 불면서 홀로 1층으로 내려가고 있었다.

홀에서는 마담 '콧수염(무스타슈)' 화니와 '화니의 가게'의 네 명의 창녀들이 다과회를 열고 있던 참이었다.

"부치, 차 안 마실래?" 화니가 말했다.

"부치, 어제 케이트에게 빌린 2달러 중 1달러는 내게 돌려 줘. 케이트에게 1달러 빌려주었으니까." '상류계급(하이 소사이어티)' 메리가 말했다.

"부치, 어제 메리에게 빌린 2달러 중 1달러는 내게 돌려줘. 메리에게 1달러 빌려주었으니까." '다이너마이트' 애니가 말했다.

"부치, 어제 내게 빌린 2달러 중 1달러는 애니에게 돌려줘. 내가 애니에게 1달러 빌렸으니까." '암고양이(푸시캣)' 앤지가 말했다.

"부치, 내게 2달러 돌려줘. 메리와 앤지가 돌려달라고 아우성이야." '퓨마의 소변(팬서 피스)' 케이트가 말했다.

부치는 주머니에서 지갑을 꺼낸 채 계단에서 우왕좌왕하고 있었다. 부치는 예민한 사람이었기 때문에 한 번에 한 가지만 생각할 수밖에 없었다.

"너희들이 시시한 얘길 꺼내는 바람에 리리의 부탁을 잊어 버렸잖아."

부치는 할 수 없이 큰 코(빅 노즈) 리리의 방으로 돌아갔다.

"리리, 내게 뭘 부탁했었지?"

"'소머리집(불스 헤드)'에서 맥주를 사다달라고 말했어. 부탁해, 부치."

"오케이, 리리."

부치는 다시 홀로 내려와 이렇게 말했다.

"오늘은 돈 얘긴 없기야. 알았지?"

"알았어, 부치. 케이크 안 먹을래?" 화니가 말했다.

"부치, '소머리집(불스 헤드)'의 카운터에 카우보이와 치과의사와 이발사가 앉아 있었대." '상류계급(하이 소사이어티)' 메리가 말했다.

"부치, 누가 누군지는 모르겠는데 그 세 사람의 이름은 윌리엄과 잭과 존인데 다 같이 맥주를 마시고 있었어." '다이너마이트' 애니가 말했다.

"부치. 잘 들어봐.

(1) 카우보이는 윌리엄의 오른쪽에 있었다.

(2) 잭 옆의 남자는 삿포로 맥주를 마시고 있었다.

(3) 치과 의사는 기린 맥주를 마시고 있는 남자의 오른쪽에 있었다.

(4) 이발사는 산토리 맥주를 마시고 있지 않았다.

(5) 윌리엄은 기린 맥주를 마시고 있지 않았다." '암고양이(푸시캣)' 앤지가 말했다.

"부치, 이 얘기만으로 세 사람의 한가운데에 있는 남자의 이름과 직업과 마시고 있는 맥주를 알 수 있대. 아까부터 다 같이 생각하고 있었어." '퓨마의 소변(팬서 피스)' 케이트가 말했다.

부치는 쪼그리고 앉아, 바닥에 손가락으로 그림을 그리고 있었지만 너무 열중해서 기분이 나빠졌다.

"리리의 부탁을 또 잊어버렸잖아!"

제6장. 사랑, 기타 등등(엣세트라)

그 무렵, 에타 플레이스는 선댄스 키드의 가슴에 머리를 올려놓고 황홀하게 눈을 감고 있었다. "키드." 아양 떠는 목소리로 에타는 속삭였다.

"키드, 나 사랑해?"

대답은 없었다. 이 사람 또 생각에 빠져 있군.

"키드, 뭘 생각해?"

"수도꼭지." 선댄스 키드는 말했다.

"수도꼭지를 생각하고 있었어, 에타. 수도꼭지를 틀면 어째서 물이 나올까? 나는 옛날부터 그게 궁금해서 견딜 수 없었어. 만일 물 이외의 것이 거기에서 나오면 어떨까 하고 말이야."

"맥주라든가?"

"그렇지 않아." 선댄스 키드는 딱 잘라 말했다.

"맥주나 커피나 위스키가 나온다면 전혀 무섭지도 않지. 만일⋯⋯."

"그만해, 키드! 그 이상 말하지 마."

에타 플레이스는 몸을 부르르 떨었다. 이 뒷얘기를 들으면 밤에 잠을 못 잘 거야.

"그리고, 양배추야." 선댄스 키드는 한마디 한마디를 되새기듯이 말했다.

"양배추가 어땠는데?"

"에타." 선댄스 키드는 진지한 말투로 말했다.

"요 며칠 이 일이 머리에서 떠나지가 않아."

"도대체 뭐 때문에 그래? 키드."

"어느 날 아침에 눈을 떴더니 양배추가 되어버렸다면 어떡하지?"

"글쎄."

에타 플레이스는 애매하게 대답했다.

"조용히 사는 삶도 나쁘지 않다고 생각하는데."

"한 장씩 벗겨져서 채로 썰리거나 고기와 함께 볶아져도 말이야?"

"그렇게 걱정할 필요 없어. 꼭 양배추가 된다고는 할 수 없잖아? 토마토나 오이가 될지도 모르고."

"토마토가 되면 케첩이 될 때까지 졸여지고, 오이가 된다면 초무침이 되어버리잖아."

에타 플레이스는 울고 싶은 심정이 되었다.

"그럼, 난 열대성 국화나 왕봄까치가 될래. 다들 신경 안 쓸 테니까."

"에타. 개가 소변을 봐도 괜찮아?"

에타 플레이스는 선댄스 키드의 가슴에 얼굴을 파묻고 울기 시작했다. 키드, 언제쯤이면 날 생각해주는 차례가 오는 거야?

제7장. '소머리집(불스 헤드)' 또다시(어게인), 철학적

그 무렵, '소머리집(불스 헤드)'에서는 전형적인 총잡이의 모습을 한 총잡이가 조 기디언을 단숨에 들이켜고 의자에서 일어나고 있었다.

"바텐더, 방해했군. 이제 보니 내가 찾는 놈은 여기에 없는

것 같아. 잘 있게."

"어르신, 로버트 '더러운 공산주의자(더티 리틀 레드)' 포드라면 방금 나갔습니다. 뭐, 그 자식은 곳곳마다 작은 콘서트라도 열면서 가고 있을 거예요. 아마도 아직 이 포트워스를 못 떠났을걸요. 빨리 쫓아가면 금방 따라잡을 수 있을 겁니다."

"바텐더, 도대체 그 로버트 더티 어쩌고저쩌고 하는 놈이 어떻다는 거야? 내가 찾고 있는 놈은 내 패거리를 죽이고 도망간 그 유명한 루 '텍사스의 번개(텍사스 라이트닝)' 리커보야. 착각도 심하시군."

"어르신." 바텐더인 제레마이어 '교수(프로페서)' 토머스는 차근차근 말하기 시작했다.

"이 장사를 오래 하다보면 점점 철학적으로 변하는 법입니다. 제가 바텐더가 된 지도 어언 40년. 그 정도가 되면 40피트의 카운터 끝에서 반대편 끝에 계시는 손님을 향해 가득 채운 맥주잔을 힘껏 밀어 끝에서 2인치 되는 곳에 딱 멈추게 하는 일 따위는 식은 죽 먹깁니다. 그렇지만 어르신."

"뭐야."

"그렇게 맥주가 도착했을 즈음에는, 총알이 카운터에 있어야 할 손님 머리를 관통하여 바닥에는 시체가 엎어져 있기 마련이지요. 어차피 못 마신다면 카운터 끝에서 멈추게 하지 말고 벽까지 집어던져도 마찬가지가 아닙니까?"

"그야 그렇지."

"어르신. 나쁜 말은 안 할 테니, 한번 이 카운터 안에서 바깥 세상을 바라보십시오. 지금 눈앞에서 스리 핑거(손가락 세 마디 정도의 양-옮긴이)의 위스키를 들이켜던 카우보이가 어느새 피투성이가 되어 쓰러져 있구나, 하고 생각했는데 이번에는 당한 놈의 친구가 죽인 놈을 벌집으로 만들었습니다. 그랬더니 그다음에는 당한 놈의 친구가 죽인 놈의 친구가 그 당한 놈의 친구가 자고 있던 침대에 산탄총 세례를 퍼붓습니다. 그러자."

"제기랄, 현기증이 나기 시작하네. 조 기디언을 한 잔 더."

"어르신. 그런 연유로 어르신이 '텍사스의 번개(텍사스 라이트닝)'를 죽이건 '더러운 공산주의자(더티 리틀 레드)'를 죽이건 매한가지가 아닙니까? 그렇다면 가까운 데에서 일을 처리하는 게 제일이죠."

"과연 그렇군."

총잡이는 조 기디언을 한 잔 더 들이켜고 팔짱을 끼었다. 이놈의 말도 이치에 맞는군. 사람 하나 죽이는 데 일일이 따질 필요도 없으니까 말이야.

제8장. 위대한 서부, '위 아 더 월드'

그 무렵 포트워스 길 위에서는 어디서 솟았는지 셀 수 없을 정도로 많은 사람이 잭 '도덕적 권고(모럴 슈에이션)' 모건과 로버트 '더러운 공산주의자(더티 리틀 레드)' 포드의 주위를 열 바퀴, 스무 바퀴로 에워싸고 '노래하는 총잡이(싱어송 건맨)'의 노래와 기타에 흠뻑 빠져 있었다.

"이분은 신이 틀림없어!"

군중 속에 있던 한 나이 든 흑인(니거)이 감개무량한 모습으로 외쳤다.

"어릴 적에 할머니가 곧잘 말씀하셨지. '휴이, 위에 계신 훌륭하신 분은 언제나 너를 생각하신단다'라고. 난 말해줬어.

'도로시 할머니, 그런 말 해봤자 우리 흑인(니거)들에게는 좋은 일이란 요만큼도 없을걸요.' 그러자, 언제나 친절했던 할머니가 내 엉덩이를 눈에서 불이 튀어나올 정도로 꼬집고는 이렇게 말했지. '휴이, 벌 받을 소리는 하지도 마라. 위에 계신 훌륭한 분은 말이야, 네가 쓸쓸해할 때는 반드시 나타나셔서 황홀한 목소리로 격려해주실 거다.'

할머니는 거짓말을 안 하셨어. 아아, 얼마나 고마운 일이야, 난 지금 여기서 콱 죽어버려도 좋을 정도야. 어르신, 이 불쌍한

엉클 톰을 위해서 한 곡 더 불러주세요."

"네가 듣고 싶은 곡은?"

"뭐든 상관없습니다. 내 마음(하트)을 따뜻하게 덥혀 생각하기조차 싫은 추억들을 모두 잊게 해준다면, 어떤 노래든 기꺼이 듣겠습니다."

"알았네."

로버트 '더러운 공산주의자(더티 리틀 레드)' 포드는 또다시 기타를 조율하기 시작했다. 그 모습을 살피는 잭 '도덕적 권고(모럴 슈에이션)' 모건의 마음은 갈가리 찢기고 있었다.

선이란 무엇일까? 잭 '도덕적 권고(모럴 슈에이션)' 모건은 자기 자신에게 깊이 묻고 있었다.

누가 그를 벌할 수 있을까? 그의 노래는 인종이라고 하는 벽을 뛰어넘어 사람들의 마음에 직접 호소하고 있지 않은가. 국가나 경찰이나 재판소는 저 가난한 사람들의 마음에 평안함을 준 적이 있었던가. 그때, 포트워스 길 위에 모인 사람들 사이에서 예상치 못한 일이 일어났다. 〈위 아 더 월드〉의 합창 소리가 낮게 흐르기 시작한 것이다. 그것은 짓밟혀진 이들의 기원의 노래였다. 그리고 마치 그 순간을 기다리고 있었던 것처럼 로버트 '더러운 공산주의자(더티 리틀 레드)' 포드는 저음으로 불리는 〈위 아 더 월드〉를 반주 삼아 낭랑한 목소리로 노래를 불렀다.

Em안녕이란 D이별의 말Cm7이 아니B7고

Em또다시 만D나기까지의 Cm7면 약B7속

Am7꿈이 있던 자리에 Em미련 남겨놓아도

#Fm7마음이 쓸쓸할 뿐B7이야

Em이대로

Am7몇 시간이라도 #Fm7껴안고 B7있고 싶지Em만

다만 이대로

Am차가운 #Fm7볼을 녹여B7주고 싶지Em만 *

(*일본의 가수 기스기 다카오의 〈꿈의 도중〉-옮긴이)

제9장. 메모, '부치, 기분 좋은 일 하자'

그 무렵, 방에 돌아온 부치 캐시디는 큰 코(빅 노즈) 리리에게 불평을 털어놓고 있었다.

"리리, 미안하게 됐어. 저 암고양이들이 꽥꽥 떠들어대는 통에 중요한 네 부탁을 어느새 잊어버렸어."

"메모라도 적어 가면 어때?"

"그것 참 좋은 생각이야."

부치 캐시디는 책상 위에 항상 놓아두는 메모 용지에 제브라(일본의 문구 용품 브랜드-옮긴이) 밀리 펜으로 이렇게 썼다.

'소머리집에서 맥주를 사올 것.'

부치는 메모를 찢어 바지 뒷주머니에 구겨 넣었다.

"이렇게 하면 잊어버릴 염려는 없겠지."

"있잖아, 부치."

"뭐야, 아직 또 볼일이 남았다는 거야?"

"있잖아. 기분 좋은 일 하자."

"기분 좋은 일이라니? 이것 참 생뚱맞게 무슨 소리야?"

"나 갑자기 기분 좋은 일이 하고 싶어졌는걸."

"그 기분 좋은 일이라면 어젯밤에 실컷 했잖아."

"그렇담, 하기 싫다는 거야?"

"그렇지는 않지만 심부름을 부탁한 건 너잖아. 예수님도 이
렇게 말씀하셔. '줄을 흩뜨리지 마세요'라고. 볼일을 마치고 기
분 좋은 일을 시작해도 벌은 안 받을 거야."

"싫어."

뾰로통해진 큰 코(빅 노즈) 리리는 버릇처럼 큰 코를 더더욱
크게 부풀렸다.

"정말 네 멋대로구나, 너라는 여자는."

"할 거지? 부치."

그렇게 말하자마자 큰 코(빅 노즈) 리리는 옷을 홀러덩 벗어던졌다. 부치 캐시디는 큰 코(빅 노즈) 리리의 단단하고 잘 빠진 훌륭한 몸을 지그시 바라보았다.

"네가 먼저 불을 붙인 거야."

부치 캐시디는 솟아오르는 욕정에 쉰 목소리로 중얼거렸다.

"부치, 내 몸을 찔러줘."

부치 캐시디와 큰 코(빅 노즈) 리리는 그대로 뒤엉키며 침대에 쓰러졌다. 두 사람은 여섯 번을 연달아 일을 치렀다. 그야말로 숙련자와 숙련자의 대결이었다. 부치는 도중에 몇 번이나 포기할 뻔했다. 그러나 그는 마지막까지 포기하지 않았다. 그것은 서부 남자의 자존심이었다. 여섯 번째 관계가 끝나고 드디어 큰 코(빅 노즈) 리리가 기권했을 때, 부치는 마음속으로 안도의 숨을 내쉬었다. 그녀가 '부치, 한 번 더'라고 말했다면 아무리 리리일지라도 쏴 죽여버렸을지도 몰라.

부치 캐시디는 침대에서 빠져나와 옷을 입었다.

"리리."

"뭐?" 부드러운 목소리로 큰 코(빅 노즈) 리리는 대답했다.

"메모를 어디에 두었는지 잊어버렸어."

제10장. 나, 시금치 찐빵

그 무렵, 선댄스 키드는 흐느껴 우는 에타 플레이스의 긴 머리를 부드럽게 애무하면서 생각에 잠겨 있었다.

"에타." 갑자기 선댄스 키드가 에타 플레이스의 이름을 불렀다.

에타 플레이스는 대답하지 않고 계속 흐느꼈다.

"에타." 다시 한번 선댄스 키드는 이름을 불렀다.

"내 생각을 하고 있다면 대답하겠지만 그렇지 않다면 말을 걸지 마."

"널 생각하고 있었어, 에타. 그러니까 말을 걸고 있잖아."

에타 플레이스는 갑자기 울음을 멈췄다. 제법 오래 기다렸지만 겨우 내 차례가 돌아왔구나.

"키드, 정말로, 나를 생각하고 있었어?"

"물론이야, 에타."

"젠장! 신난다!"

에타 플레이스는 얼른 입을 막았다.

"미안해. 품위 없는 말을 해서. 그렇지만 기뻐서 그랬어."

"에타, 나는 전혀 개의치 않아."

"고마워."

"별말씀을."

생글생글 웃는 얼굴로 돌아온 에타 플레이스는 선댄스 키드 쪽을 향해 앉더니 커다랗게 두 팔을 벌렸다.

"컴 온, 키드. 나에게 물어볼 말이 있다면 뭐든지 물어봐."

"에타, 너는 어째서 시금치 찐빵 같은 것을 만든 거야? 나는 시금치를 싫어한다고 전부터 말했잖아."

에타 플레이스는 고개를 갸우뚱했다. 전혀 기억이 나지 않았기 때문이다.

"있잖아, 키드. 내가 요리를 잘 못한다는 것쯤은 알잖아? 찐빵은커녕 계란 프라이도 못 만들어."

"그렇지만 넌 확실히 어제 내 꿈속에서 시금치 찐빵을 만들었어. 물론, 그 외에도 혀가자미 뫼니에르와 새우 도리아랑 해초와 무순을 곁들인 샐러드도 만들어주었지만, 시금치 찐빵만은 필요 없는 것이었어."

에타 플레이스는 몹시 낙담했다. 이젠 더 살고 싶지 않은 심경이었다. 어째서 이런 남자를 좋아하게 되었을까?

"그딴 일, 부치한테라도 물어보면 되잖아!" 하고 에타 플레이스는 아무렇게나 말했다.

"벌써 물어보았어. 그랬더니, 부치는 '내게 물어보는 것은 앞뒤가 안 맞는 게 아니야? 에타에게 물어보면 되잖아. 개가 만들었으니까. 그것보다 빨리 잼을 집어줘' 하고 말하던걸."

* * *

다 읽은 후 나는 공책을 덮었다. 리치는 마지막까지 쭉, 화석
같이 꼼짝도 않고 눈을 감고 있었다. 리치가 손에 든 파이프에
서는 한 줄기 연기가 똑바로 위로 피어올랐다. 그 연기도 왠지
화석 같았다. 리치 옆에서 소년이 파고들 듯이 내 눈을 보고 있
었다. 구슬 같은 눈이었다. 너무나 열심히 바라본 탓에 그런 눈
이 되어버린 거겠지.

"이것이." 내가 말했다.

"《텍사스 건맨스 대 앵그리 헝그리 인디언스》의 첫 10장이
야. 다른 곳은 모두 어린애들이 코를 푸는 데 써버렸어."

"죄송하게 생각해요." 정말로 죄송한 듯이 그 소년은 말했
다. 같은 어린이로서 책임을 통감했기 때문이다.

"네가 미안해할 것은 없어. 그리고 찢겨져서 코 푸는 종이로
쓰이는 것도 책의 사명 중 하나니까."

나는 카페오레를 한 모금 마셨다. 카페오레는 완전히 식어
있었다.

"따뜻한 것으로 새로 끓여 올게." 리치는 그렇게 말하고 일

어나더니 카운터로 갔다. 나와 소년은 책상 위의 공책을 멍하니 바라보고 있었다. 뭔가 말해야지, 하고 나는 생각했다.

"야구에 관해 쓰여 있었어." 나는 말했다. "그건 알 수 있지?"

"네." 소년은 대답했다.

"1910년에 포트워스라는 곳에서 두 팀이 싸웠던 거야. 텍사스 건맨스라는 팀과 앵그리 헝그리 인디언스라는 팀이야. 실은 나도 이런 이름의 팀은 처음 들었지만, 지방에는 무명의 세미프로가 많이 있으니까. 아마 부치 캐시디는 포수, 선댄스 키드는 투수였을 거야. 두 사람은 서부를 떠돌면서 푼돈을 버는 떠돌이 배터리였어. 우연히 들른 포트워스에서 앵그리 헝그리 인디언스와의 시합을 위해 고용되었던 거야. 고용된 것은 그들만이 아니었어. 이외에도 몇 명의 총잡이가 그들과 합류했지. 당시 총잡이들이 야구를 제일 잘했으니까. 그런데 이 팀의 선수 명단 말인데, 물론 적혀 있던 것은 모두 코 푸는 종이로 쓰여 알 수는 없지만 그 정도라면 상상이 가능해. 타순을 어떻게 정해야 가장 효과적인지는 조금이라도 야구를 알면 금방 알 수 있지. 텍사스 건맨스의 감독도 바보는 아닐 테니까."

나는 공책을 펴고 아무것도 쓰여 있지 않은 쪽에 녹색 잉크로 이렇게 썼다.

1번, 이루수, 잭 '도덕적 권고(모럴 슈에이션)' 모건.

2번, 유격수, 로버트 '더러운 공산주의자(더티 리틀 레드)' 포드.

3번, 중견수, 루 '텍사스의 번개(텍사스 라이트닝)' 리커보.

4번, 포수, 부치 캐시디.

5번, 삼루수, 전형적인 총잡이.

6번, 일루수, 제레마이어 '교수(프로페서)' 토머스.

7번, 우익수, 엉클 톰.

8번, 투수, 선댄스 키드.

9번, 좌익수, 설리번 목사.

"텍사스 건맨스가 수족(族)과 코만치족(族)의 합동 팀인 앵그리 헝그리 인디언스와 야구 시합을 한 것은 총이나 활로 싸우는 데 진력이 났기 때문이야. 포트워스 마을 사람들도 인디언들도 싸움에는 진저리를 쳤지. 마담 '콧수염(무스타슈)' 화니 같은 사람은 '우리 집에는 귀여운 계집애들이 이렇게 많이 있는데도 눈길도 안 주고 1년 내내 서로 죽고 죽이기만 하니, 이 동네 남자들은 모두 머리가 이상한 것 아니야?' 하고 신기해했지. 그렇지만 포트워스 사람들도 인디언들도 바보는 아니었던 게지. 결국 어느 쪽이 센지 야구로 정하기로 했어. '어느 쪽이 이기건 원망하지 맙시다' 하고 텍사스 건맨스의 감독 앰니 판사가 말하자 인디언스 팀의 감독 벤 '매의 함정(이글 트래퍼)' 킨들은 '바라는 바요'라고 대답했어. 오후 한시에 시작된 시합은 쫓고 쫓기는 공방전 끝에 다음 날 저녁 다섯시까지 계속되었어. 결국 9 대 8의 스코어로 맞이한 98회 말에 앵그리 헝그리 인디언스의 마지막 타자, 톰 '밀봉 채집인(허니 헌터)' 오언을 선댄스 키드가 삼진으로 잡고 시합은 끝났어. 부치 캐시디는 세 개의 홈런을 치고 타점은 5점을 기록했지. 승리 타점을 올린 것도 그였다고. 선댄스 키드는 마지막까지 마운드를 지켰어. 완투승이야."

"그런 얘기들이 씌어 있었군요." 소년은 말했다.

나는 끄덕였다.

"아이들이 코만 안 풀었어도 11장부터 그런 얘기들이 이어졌다는 것을 알 수 있었을 텐데."

나는 《텍사스 건맨스 대 앵그리 헝그리 인디언스》를 옮겨 적어놓은 부분을 공책에서 찢었다.

"네게 줄게. 이것을 읽으면 야구 선수란 어떤 인간들인지 너도 잘 알 수 있을 거야. 이것은 나보다 너에게 필요한 것 같아."

"고마워요."

리치가 카페오레를 들고 와서 테이블 위에 놓았다. 새로 끓인 뜨거운 카페오레였다. 우리들은 모두 그 뜨거운 카페오레를 보고 있었다.

"마지막으로 한 가지 더 부탁이 있어요." 부끄러워하며 소년이 말했다. 매우 기분 좋은 부탁 방법이었다.

나와 리치는 얼굴을 마주 보았다.

"뭔데?" 나는 물었다.

"사인해주세요."

소년은 돌아갔다. 조명을 낮춘 리치의 가게 안에서 나와 리치는 아직 테이블을 향해 앉아 있었다.

무슨 말인가 해야 되는데 그게 뭔지를 모르겠다. 그래서 나와 리치는 아무 말도 안 하고 앉아 있었다.

가게 밖에서 바람이 불었다.

"뭐지?" 리치는 말했다.

"바람이야." 나는 대답했다.

그러고는 우리들은 쭉 잠자코 있었다.

길 잃은 개가 자신의 주인을 찾는지 가게 밖에서 울음소리가 들렸다.

"뭐지?" 리치는 말했다.

"길 잃은 개가 주인을 찾고 있는 거야." 나는 대답했다.

"벌써 몇 년째 저렇게 밤이 되면 울면서 주인을 찾고 있어.

그렇지만 실제로 저 개는 한 번도 사람이 기른 적이 없어. 저놈은 어릴 적에 친절한 주인이 돌봐주다가 뭔가 잘못되어서 생이별을 하게 되었다고 스스로 믿으려 하는 거야."

우리들은 다시 침묵으로 돌아갔다. 이번에는 어떤 소리도 가게 밖에서 들려오지 않았다. 영겁이라고 생각될 정도로 긴 시간이 흘렀다. 리치는 일어서서 가게 불을 껐다. 깜깜했다. 아무것도 보이지 않았다.

"그 보이는 대단해." 어둠 속에서 리치의 음성이 들렸다.

"좋은 선수가 될 거야." 나는 어둠을 향해 말했다.

"그래." 어둠 속에서 리치의 목소리가 대답했다.

"그럴 거야."

틀림없이 그럴 거야, 하고 나는 생각했다. 그 소년이라면 반드시 좋은 야구 선수가 될 거야. 우리들보다 훨씬 제대로 된, 훨씬 훌륭한 야구 선수가.

제
2
장

라이프니츠를 흉내 내어

나는 슬럼프에 빠진 것 같다. 다들 그렇게 말해서 더 그런지도 모르겠다. 이번 시즌에 들어서 27타석 노 히트(사구는 아홉 번, 데드볼은 한 번. 하나같이 모두 투수가 나를 무서워해서 제멋대로 낸 것들), 내야 안타(이것은 아마 공식 기록원의 실수. 아니, 어쩌면 나를 마음에 들어해 안타를 한 개 선물했는지도 모른다)를 한 개 친 뒤, 또다시 29타석에 걸쳐 노 히트가 이어졌다. 이쯤 되면 내 상태를 알아차린 투수가 태연하게 한가운데로 공을 던져오게 된다. 사구는 세 개로 줄어들었다. 그리고 불규칙한 번트로 얻은 행운의 안타, 중견수의 실수로 이루타를 쳤지만 그 후 33타석에 걸쳐 노 히트가 계속되고 있다(사구는 하나). 76타수 3안타로 타율은 3푼 9리 5모(희생타가 둘). 시즌이 개막한 지 한 달이 넘은 상황에서 이만큼 타율이 낮은 4번 타자는 유사 이래 처음이다.

"솔직히 말해서 난 원인을 모르겠어." 지팡이 대신 방망이에 기대면서 배팅 코치는 말했다. "작년에는 3할 7푼이나 됐는데."

"3할 7푼 1리 7모였어요, 정확하게 말하면. 452타수 168안타." 나는 말했다.

"그래. 재작년에도 3할 5푼이나 쳤었지."

"439타수 154안타니까 3할 5푼 건너뛰고 8모지요, 정확히 말하면."

3년 전에는 447타수 170안타로 3할 8푼 3모. 4년 전에는 460타수 164안타로 3할 5푼 6리 5모. 5년 전에는 470타수 169안타로 3할 5푼 9리 6모. 따라서 5년 동안 2268타수 825안타, 타율로는 3할 6푼 3리 8모를 친 것이다. 그 내역은 홈런 205개, 삼루타 61개, 이루타 166개, 단타 393개, 타점 626점이다. 그런 숫자에 어떤 의미가 있는가. 그건 내가 무척 우수한 타자라는 뜻이다. 424타수 125안타로 2할 9푼 4리 8모라는 건 그저 그런 타자임을 의미하고, 420타수 104안타로 2할 4푼 7리 6모라는 건 수비를 꽤나 잘하거나 홈런을 25개 이상 치지 못하면 언제 벤치로 쫓겨날지 모른다는 말이다. 5년간 나는 네 번이나 수위타자가 되었다(홈런왕은 한 번, 타점왕은 두 번). 수위타자가 못 되었던 것은 3년 전 시즌뿐이다. 그해에 나는 생애 최고 기록인 3할 8푼 3모의 타율을 올렸다. 그럼에도 불구하고 우리 팀이 우승 다툼을 하고 있던 혼란한 틈을 타, 시즌 종료를 앞둔 열 개의 시합에서 열두 개의 내야 안타를 친 하위 팀의 선수에게 507타수 193안타의 3할 8푼 7모로 수위타자의 자리를 빼앗겼다. 193개의 안타 중 41개는 내야 안타였다. 나는 사기에 걸려든 것이었다.

"너는 최고의 타자였어." 코치는 과거형을 쓰며 말했다. "네배팅은 예술이었어. 나에게는 그렇게 보였지. 감독님도 어떻게 하면 그렇게 잘 칠 수 있느냐며 감탄의 연속이었지. 그랬던 네가 왜 이렇게 된 거야?"

시즌 첫 타석에서 나는 삼진을 먹었다. 스트라이크 세 개를 다 놓쳤다. 심지어 모두 생일 선물처럼 치기 딱 좋은 절호의 공들이었다.

"그때부터 너는 이상했어. 방망이가 꼼짝도 안 했어. 공이전혀 보이지 않는 것 같았지."

그러나 그때도 공은 잘 보였고 마치 애드벌룬 같은 느낌이었다. 좋은 타자에게는 공이 매년 조금씩 크게 보인다. 입단했을 때 투수가 던지는 공은 모두 구슬치기용 구슬처럼 작아 보였다. 투수가 마운드에서 자세를 취한다. 나는 투수의 손에 온신경을 집중한다. 휙! 정신을 차렸을 때 공은 언제나 포수의 미트 안에 있었다. 그렇게 작고 빠른 공을 어떻게 방망이로 맞출수 있을까? 프로가 된 지 얼마 안 된 타자가 처음 느끼는 의문이 그것이다. 그러나 구슬치기용 구슬은 이윽고 골프공으로, 탁구공으로, 사과로, 배구공으로, 수박으로 성장해간다. 그와 함께 속도는 점점 더 떨어진다. 로켓에서 제트기로, 프로펠러기로, 복엽(複葉)비행기로 변한다. 그러다가 문명의 진보 단계를 거슬러 피서지를 달리고 있는 자전거 정도의 속도로 변하고, 마지막에는 그 자전거에서 내려서 자신의 발로 걷게 된다. 극대화와 극소화의 동시 진행. 그렇게 되면 이젠 식은 죽 먹기. 홈베이스의 바로 앞 20센티미터 되는 곳에서 딱 정지하는 아주 커다란 지구의만 한 공을 어떻게 요리하든 내 자유이다. 요리 전에는 그 재료를 찬찬히 살펴보아야 한다. 그 공이 스트레이트라면 세로 스핀이 걸려 있다. 토성과 달리 마치 링이 세로로 붙어 있는 천왕성처럼 수직으로 안개 같은 것을 매달고 날아오는 것이 보인다. 한편 슬라이더의 경우는 공을 잡는 방법에 따라 보이는 게 다르다. 솔기에 손가락을 걸지 않고 큰 슬라이더를 던지는 투수의 공은 하얗게 어른어른하는 것이 중심 부근에 보이나, 솔기가 좁은 곳에 손가락을 걸어 자르듯이 던지는 투수의 슬라이더는 왠지 중심이 빨갛다. 그 빨강은 투수에 따라, 컨디션에 따라 다르다. 언제나 장미 같은 새빨간 슬라이더를 던지는 투수의 공 색깔이 크랜베리 주스처럼 보이면 그건 그놈이 애인하고 잘 안 되고 있기 때문이다. 이런 식으로 공이 보이는 것은 꾸준히 3할 4푼을 치는 타자에게만 해당된다. 그들은 양 리그(일본의 프로야구는 센트럴리그와 퍼시픽리그로 나뉘어져 있다-옮긴이)를 합쳐 열 명이 채 되지 않는다. 그러니까 올스타 벤치 안에서 "어땠어?", "그 슬라이더는 팥 색깔이었어. 회전이 좀 모자라니까 톱스핀을 먹이지 않으면 스탠드까지 보내는 건 무리야", "생큐, 알았어" 같은 얘기를 하고 있는 것이다. 톱스핀을 먹이면 시속 138킬로미터로 나선으로 날아오는 공 중심에서 위로 8밀리미터 정도 되는 부분을 때려야 한다. 대부분의 타자는 날아오는 공을 어림잡아 치기만 하는데 그런 건 배팅이 아니다. 하기야 지금 내 입장에서는 그런 말 할 자격도 없지만.

"나는 단순한 느낌의 문제라고 생각해. 아주 사소한 것 때문에 그 느낌이 잘못된 거야. 매일 1000번씩 스윙을 해보는 건 어때? 몸을 파김치로 만드는 거야. 느낌이 잘못될 때는 '이것도 아니야, 저것도 아니야' 하고 쓸데없는 생각만 하게 마련이니까. 바른 스윙은 몸이 기억하고 있는 거야."

'느낌의 문제'. 이 코치가 곧잘 쓰는 문구다. 모르는 것은 모두 느낌의 문제로 수렴된다. 22년 동안 7655타수 2033안타, 생애 타율이 2할 6푼 5리 6모. 오래도록 선수 생활을 계속한 게 유일한 자랑이고 마지막 4년간은 레귤러도 아니었던 이 배팅 코치의 최대 결점은 배팅이 무엇인지 잘 모른다는 것이다. 2000개나 안타를 때렸음에도 자기가 어떻게 안타를 칠 수 있었는지 몰랐던 것이다. 뭐, 흔히 있는 일이지.

"기계로 연습해봐." 코치는 말한다. "아무 생각 말고. 공의 심지를 힘껏 때리는 거야."

나는 끄떡이고는 배팅 게이지에 들어가 기계를 조작하고 있는 이군 코치에게 사인을 보낸다.

"겨드랑이를 붙여. 기본으로 돌아가는 거야. 슬럼프일수록 기본이 중요해. 어깨를 젖히면 안 돼. 방망이를 잡은 자세에서 일직선으로 내려 위에서 때리는 거야. 퍽 하고 말이야."

"오케이."

물론 나는 배팅 코치의 충고 따위는 깨끗이 잊어버린다. 겨드랑이를 붙이면 대부분 스트라이크존엔 닿을 수가 없고 위에서 내리치면 모두 땅볼이 되어버리니까. 나는 천천히 방망이를 잡아 자세를 취하고 공을 기다린다. "뭘 하는 거야?" 게이지 밖에서 코치 목소리가 들린다.

"공을 보고 있는 거예요."

"열두 개나 계속? 기계에서 나오는 공을 그렇게 열심히 쳐다봐서 뭐가 되는데? 때리라고 했잖아. 공에 뭔가 재미있는 말이라도 쓰여 있나?"

"죄송합니다."

실은 이 기계의 공들에는 재미있는 말이 많이 쓰여 있다. 그

73

것을 읽어내는 것이 타자가 해야 할 일이다. 내가 상대하고 있는 것은 스트레이트의 기계일 텐데, 아까 말한 수직 방향의 안개 중심에 있어야 할 소용돌이가 위도 10도 정도(천왕성은 옆으로 누워 있으니 경도라고 말해야겠지만) 북쪽으로 벗어나 싱가포르 부근에 있다. 하늘에서 찍은 태풍의 위성사진 같은 셈이다. 5도 정도 더 북쪽으로 벗어나 있었으면 이 공은 아주 약간 휘었을 것이다. 아마도 기계 팔 부분의 나사가 아주 조금 느슨했었나 보다. 보통 소용돌이가 북상하면 공은 휘어진다. 평균적인 커브라면 북극에 소용돌이가 오는데 그중에는 공 뒤편에 소용돌이가 생기게 던지는 투수도 있다. 이런 공은 좀처럼 치기 어렵다. 반대로 북극에 있었던 소용돌이가 남쪽으로 내려가 장마전선처럼 뻗쳐 올 때도 있다. 3할 4푼 클럽의 멤버 중에는, 이 장마전선이 DNA와 마찬가지로 이중나선으로 되어 있어서 나선을 구성하는 유전자 기호를 통해 그 투수의 패턴을 알 수 있다는 놈도 있지만 나에게는 거기까지는 보이지 않는다. 내 선구안이 아직 멀었다는 뜻일지도 모른다. 어쨌든 이 장마전선이 생기면 주의해야 한다. 이 커브는 조금 흔들리면서 구부러지기 때문이다. 대개 형편없는 타자는 이럴 때 공 심지를 치려고 한다. 보이지도 않는 공의 심지를 때리려고 발버둥 치지만, 심지에서 조금 떨어진 곳을 때리지 않으면 생각대로 공을 컨트롤할 수 없다. 다만 너클볼(홈 플레이트에서 예측 불가능하게 변하는 변화구의 일종. 현대 야구의 3대 마구로 꼽힌다―옮긴이) 계통의 공은 심지를 때려준다. 그렇게 하면 공이 스스로 심지를 빗겨 맞는다. 장마전선은 너클볼의 징후이다. 물론 우리들 쪽에서 너클볼을 되돌려 칠 때도 있다. 야수의 정면으로 공을 날려 일부러 불규칙하게 만드는 것이다. 구부려 치기의 일종이지만 급박한 게임에서 점수를 따고 싶을 때는 안성맞춤이다. 나는 이 테크닉을 익히는 데 5년이나 걸렸다. 스트레이트가 제일치기 쉬운데, 공의 심의 심(코르크 심 속에 있는 상상의 핵으로, 직경은 2밀리미터 정도)을 방망이로 세게 친다. 그때 주의해야 할것은 방망이의 히트 포인트가 두 군데뿐이라는 것이다. 그렇게치면 공은 회전하지 않으며 날아가다가 유격수나 이루수 앞에서 급강하한다. 이 너클볼을 잡을 수 있는 야수는 세 명 정도밖에 없다. 이런 놈들은 글러브에 들어오기 직전까지 공의 회전을 가만히 보고 있다. 대단해. 어쨌든 우리들은 오늘 날씨가 어떤지 공이 다가오는 것을 꼼짝 않고 기다리고 있다. 대체로 6미터 정도까지 다가오면 날씨 예측을 할 수 있다. 커브라면 어떤 커브인지. 좋은 배팅을 하고 싶다면 공이 1미터 30센티미터쯤까지 오기를 기다려야 한다. 3할 4푼 클럽의 친구들은 다들그렇게 하고 있다. 나는 90센티미터 거리까지 끌어들이는 것을 좋아한다. 그 이상 다가오면 공 표면의 모양이 한꺼번에 복잡해지기 때문에 골치 아프다. 읽어낼 것이 너무 많아서 방망이를 휘두를 시간이 없어지는 것이다. 넋이 나가버린다고 해야 하나. 내가 처음 수위타자가 되었을 때는 이렇게 보낸 삼진이 한 달에 꼭 하나둘은 있었다. "너무 보지 마." 내가 존경하던 한 타자가 조용히 충고해주었다. 그는 여섯 번이나 수위타자가 된 스위치히터(좌우 어느 타석에서도 타격을 할 수 있는 타자-옮긴이)로 생애 타율은 3할 6푼 7리였다. 내가 초등학생일 때 이미 4번 타자였다. 마흔두 살에 사상 최고령 수위타자가 되었고, 그해 시즌의 안타 수는 오른쪽 타자석에서 101개, 왼쪽 타자석에서 103개였다. 그 정도가 되면 우완 투수일 때 왼쪽 타자석에 들어가고, 좌완 투수일 때 오른쪽 타자석에 들어간다는 식의 고정관념은 무의미해진다. "그때그때 기분으로 타자석을 골라. 나는 원래 오른쪽으로 치는데 왼쪽으로 치는 게 유리하다고 해서 무리하게 왼손으로 치는 것을 연습했지. 처음에는 세상이 뒤바뀐 듯한 느낌이 들었어. 배팅 연습이 끝나면 똑바로 걷지를 못하고 책을 읽어도 의미를 전혀 모를 지경이었어. 그렇지만 코치한테는 칭찬받았지. 머릿속에서 뭔가가 다시 만들어지고 있다는 증거라는데, 확실히 스위치히터가 되고서는 사람이 달라졌다는 말을 많이 들었어. 첫 아내와 헤어진 것도 그 무렵이야. 마치 다른 사람인 것 같다고 했지. 아마도 새로운 왼편 타자 쪽의 자아가 자기주장을 하기 시작했었나 봐. 그러는 중에 익숙했던 오른편 타자 쪽이 부자연스럽다는 생각이 들기 시작했어. 꽤나 고민했지. 정체성이 없어진 것 같았거든. 두 번째 아내와 헤어진 것은 그 무렵이야. 내가 오른편 타자와 왼편 타자 사이에서 찢겨지는 듯한 괴로움에서 헤어날 수 있었던 것은 스위치히터가 되고 10년이나 지나고 나서야. 덕분에 절정기에는 공이 방망이에 맞는 순간까지 볼 수 있었고, 그 공이 세계지도처럼 보인다는 것도 알게 되었지. 그렇지만 그런 건 자기만족에 지나지 않아. 좋은 타자가 되고 싶으면 한계를 알아야 해. 아무 일에나 관여하는 건 별로 좋은 일이 아냐." 그래서 나는 공을 90센티미터 정도까지 끌어들여 바라보지 않기로 했다. 넋을 뺏기는 것은 딱 질색이니까.

"그렇구나. 공을 보는 것은 중요한 일인지도 몰라. 그렇지만 네 경우는 좀 지나쳐. 이 세 시합에서 몇 번이나 휘둘렀는지 기억하고 있나?"

"세 번입니다, 코치." 나는 시원스럽게 고백한다.

"한 시합에서 한 번이야. 12타석, 모두 그냥 보낸 삼진. 공은 치지 않으면 날아가지 않아. 내가 아는 한은 그래. 메이저리그 선수라도 아직 공을 만지지 않고 스탠드까지 날린 놈은 없어.

네게도 생각은 있겠지. 나쁜 스윙 폼으로 쳐서 슬럼프를 오래 끄는 것은 손해라고 여길지도 몰라. 그렇지만 그런 소극적인 방법으로는 슬럼프에서 탈출할 수 없어. 배팅은 단순한 거야. 상태가 좋을 때는 아무 생각 하지 않아도 쉽게 안타를 칠 수 있잖아? 공이 날아온다, 그걸 향해 방망이를 휘두른다, 탁! 또 공이 온다, 그것을 힘껏 때린다, 탁! '탁'이라는 것은 곧 투지야. 자, 모든 걸 잊고 공을 힘껏 때려. 머리를 텅 비워!"

그렇지만 머리를 텅 비게 할 수 있는 건 원래 텅 비어 있는 인간만이 가능한 게 아닐까? 그런데도 입을 열었다 하면 "머리를 텅 비워."

"머리를 텅 비워, 여보." 그러고 보니 아내도 같은 말만 되풀이해서 내게 말한다. 어떤 배팅 코치든 생각하는 건 다 똑같다.

"머리를 텅 비워, 여보. 이럴 때는 힘을 빼야지. 릴랙스, 릴랙스." 이럴 때 나의 알몸 하반신에는 아내가 달라붙어 슬럼프에 빠진 내 방망이를 꽉 쥐고 있다. 매일 밤 색이 다른 잠옷이나 아기 인형 그리고 여성 잡지에서 배워 익힌 여러 가지 테크닉으로 나를 슬럼프에서 탈출시키려는 심산이다. "여보, 느낌이 와?" 물론, 느낌이 오지. 적어도 내 방망이에 뭔가가 행해지고 있다는 정도의 느낌은 오지. "공 쪽도 느껴지지?" "응, 느껴져. 꽤 괜찮은 선까지는 가는데. 이젠 됐어. 당신도 힘들지? 오늘

게임은 이것으로 끝내지 않을래? 내일은 특훈이 있어서 빨리 자야 해." 애매한 미소를 띠고 나는 그렇게 제안한다. "안 돼!" 희미한 어둠 속에서 아내가 생긋이 웃는다. "슬럼프에서 빠져나오는 게 우선이야." 그게 진짜 슬럼프라면 고칠 수도 있겠지. 그렇지만 내 방망이는 딱히 슬럼프가 아니다. 아내 몰래 사귀고 있는 여자를 상대할 때는 언제나 쾌락에 젖은 음성을 내고 있으니까. "아아." 아내는 낮은 신음 소리를 내고 있다. "아아아아아아아아아아아아." 남성은 여성의 목소리에 의해서도 흥분합니다—(청각에 의한 자극). 그러므로 페니스를 애무하면서 소리를 내봅시다. 질문—펠라티오를 하고 있을 때에는 어떻게 소리를 내면 좋을까요? 대답—그대로 목 깊은 곳에서 소리를 내도 괜찮고, 일단 페니스를 입에서 꺼내고 소리를 내도 괜찮습니다. "아아아아아아아아아." 아내의 신음 소리가 커진다. 코치, 코치 나를 그냥 내버려둬요. 이것은 내 슬럼프야, 당신은 어떻게 할 수도 없어.

"어깨를 펴는 게 너무 빨라!" 배팅 코치의 째지는 소리. "오른쪽 어깨에 벽을 만들어. 알았지? 우선 그 어깨부터 고치도록 하자."

분명 머리를 텅 비게 하라고 하지 않았던가? 이상한 건 입만 열었다 하면 "어깨를 펴지 마"라고 한다는 것. 도대체 누가 그런 말을 시작한 거야? 불쌍한 신인 선수들은 코치나 야구 중계

해설가들의 "어깨를 펴지 마"라는 대합창을 만나 이상야릇한 모습으로 스윙을 하게 된다. 아무리 치기 힘들어도 모두가 다 "어깨를 펴지 마"라고 하니 아마 그 말이 맞겠지. 어깨를 펴고 장외로 공을 쳐내도 "그런 폼으로 어떻게 쳤나?" 하는 말을 들을 게 뻔하다.

날카로운 타구가 외야로 날아가기 시작한다.

"그거야! 그 느낌을 잊어버리지 마."

이윽고, 만족한 얼굴로 배팅 코치가 내 게이지에서 멀어져 간다. 놈을 위해서 어깨를 펴지 않고 쳐줬기 때문이다. 그렇게라도 하지 않으면 도망갈 길이 없다.

"어때?" 상냥한 표정으로 다가오는 것은 우리 팀의 주전 투수.

"슬럼프야" 하고 나는 말한다.

"정말이야?" 어깨를 빙글빙글 돌리는 것은 그가 잘 취하는 포즈.

"76타수 3안타야."

"그런 건 숫자일 뿐이야. 나는 5연승을 하고 있지만, 최악의 슬럼프야. 나는 알아. 가볍게 던져도 스트레이트는 150킬로미터가 나오고 노린 곳에서 반 인치도 벗어나지 않아. 언제나 시큰시큰 아픈 어깨도 웬일인지 전혀 아프지도 않아. 이런 일은 리틀 리그에 들어온 이후 처음이야. 그래도 난 슬럼프야."

　주전 투수는 발치에 굴러다니던 공을 집는다.

　"이건 공이야. 적어도 나에겐 그렇게 보여. 그리고 이 공을 던지거나 치는 것이 야구야. 그렇잖아? 나도 그렇게 생각하고 있었어. 그런데 요즘은 그런 느낌이 들지 않아. 마운드 위에 오른다. 심판이 '플레이볼' 하고 선언하고 타자가 자세를 취한다. 나는 포수가 내는 사인을 들여다본다. 그리고 타자 놈을 노려본다. 1구는 안쪽 높은 곳에 빠른 슬라이더를 던져 놀라게 한다. 인코스가 누구 것인지 가르쳐주는 것이지. 그렇게 되면 게임은 내 거지. 놈은 무의식 중에 머리를 들어버려. 거기에 바깥쪽 낮은 곳으로 꽉 채운 스트레이트. 그다음은 같은 공, 같은 코스로 베이스의 40센티미터 앞에서 떨어뜨려. 한 놈 해치운 거야. 그중에는 1구째 던진 안쪽 낮은 공으로 턱을 끌어당겨 왼발을 3센티미터 앞으로 내미는 놈도 있어. 바깥쪽 낮은 공으로 목표를 정하겠다는 심산이지. 조금은 머리를 굴리는 거지. 그렇지만 조금만이야. 그런 놈한테는 무릎 근처에 슈트를 던져주지. 그러고는 한가운데 좀 높은 볼 존으로 스트레이트. 휙! 간단해. 머리는 헬멧을 얹어두는 데가 아니야. 프로 선수는 머리를 써야 해. 나는 충분히 쓰고 있어. 어쨌든 마운드에 있으면 가슴이 설레. 그런데 말이야." 주전 투수는 불펜에서 던지고 있는 젊은 투수 쪽을 힐끗 본다. 그리고 혼잣말을 한다.

"저러면 안 되는데. 슬라이더를 던질 때 글러브가 움직여. 의식하지 못하고 있는데 슬라이더를 던지려고 하면 몸의 어딘가가 긴장하는 것이겠지. 가르쳐줘야지. 타자의 봉이 될 거야. 이봐, 어디까지 얘기했더라?"

"설렌다는 데까지야."

"문제는 그거야. 설렘이 없어진다는 거야, 마운드에서. 설레기는커녕 반대로 가슴이 차가워져. 뭐라고 표현하기 어려운 이상한 느낌이 들어. 잘 모르겠는데 뭔가 뿔뿔이 흩어지는 느낌이야. 아무리 해도 시합에 참가하고 있다는 느낌이 들지 않아. 야구를 하고 있다는 기분이 안 들어. 공을 던지고 있을 때도 내 자신이 폼을 분석하는 사진의 한 장 한 장이 되어버린 느낌이지. 내가 공을 던지는 것과 저쪽에서 타자가 헛방망이질을 하는 것이 연결이 안 돼. 칸트 할아범은 '이성이란, 어떤 권리로 원인과 결과에 필연적 연관이 있다고 여기는지 묻는 것이다'라고 했어. 나도 동감이야. '저놈은 뭘 하는 거야? 저런 곳에서 빙글빙글 돌며 왜 놀고 있는 거야?' 하는 식으로 말이야. 물론 피칭 코치에게는 말하지 않았어. 말해봤자 알아줄 놈이 아니니까. 너무 생각을 많이 하는 거라고 할 게 뻔하니까. 이것은 내가 스스로 해결해야 하는 문제야. 뒷주머니에 《프롤레고메나》를 넣어둔 이유는 여기에 있어. 내가 슬럼프인데도 계속 이기고 있는 건 모두 칸트 할아범 덕분이지. 내 순수한 이성은 의문으로 가득하지만 어쨌든 실천이성이 인격의 붕괴를 막아주고 있다는 거야. '인간의 이성은 어떤 특종 인식에 대해 특수 운명을 지고 있다. 즉 이성이 물리칠 수도 없고 그렇다고 해서 또 대답할 수도 없는 문제에 시달리는 운명이다. 물리칠 수 없다는 것은 이들 문제가 이성의 자연적 본성에 의해서 이성에게 부과되고 있기 때문이다. 또 대답할 수 없다는 것은 이런 문제가 인간 이성의 일체의 능력을 초월하고 있기 때문이다.' 이건 《순수 이성비판》에 나오는 글이지만 볼펜에서 200개의 공을 던지는 것보다 이걸 읽는 게 훨씬 도움이 돼. 적어도 칸트 할아범은 내 마음을 알고 있으니까."

주전 투수는 손에 든 공을 가만히 바라보았다. "이건 상당한 수수께끼 같아. 어쩌면 나는 자유롭게 이놈을 조종하고 있다고 생각하면서도 실제로는 조종당하고 있는지도 몰라." 주전 투수는 크게 폼을 취하더니 뒤에 있는 네트를 향해 공을 던졌다. 주전 투수가 던진 공은 지면에 닿을 듯 말 듯 똑바로 나아가다 네트 바로 앞에서 30센티미터 정도 상승하고는 갑자기 급강하했다.

"굉장해." 나는 경탄의 소리를 낸다. "저런 변화구는 내가 컨디션이 좋을 때도 도저히 못 칠 것 같군."

"아마도. 그렇지만 그게 어떻다는 거야?" 주전 투수는 걱정이 가득한 표정으로 말했다.

"나는 결과 따위는 전혀 문제 삼지 않아. 이유를 알고 싶을 뿐이야. 라이프니츠를 읽었나?"

"아니, 아직."

"그렇다면 읽어보는 게 좋아. 그놈은 야구를 이해하고 있어. 《실체의 본성 및 실체의 교통 및 정신적 물체 간에 존재하는 결합에 관한 신설》에서 라이프니츠 선생은 이렇게 말씀하시지. '현상은 결코 가공적인 것이 아니라, 어딘가 사상적이다. 이 사상성의 근거는 현상 속에는 없지만 어딘가에 있어야 한다. 결국 그것은 단순한 실체 속에 존재한다는 말이 된다.' 그 문장을 읽자 느낌이 팍 왔지. 이놈은 야구를 알고 있다고 말이야. 내가 감독이라면 라이프니츠 선생을 피칭 코치로 할 거야. 즉 야구에는 단순한 실체가 있다는 말이지. 그것이 바로 야구공이야. 라이프니츠 선생은 이 공에 관해서도 연구하고 있어. '단자(볼) 론'이라고 해. '단자(볼)는 뭔가 특정한 성질을 가지고 있는 게 틀림없다. 성질이 없으면 존재한다고조차 말할 수 없다. 만일 단순한 실체가 그 성질에 의해 서로 다르지 않다면, 우리들은 물체 속에 일어나는 변화를 같은 것으로 의식할 수 없으리라.'

놀랍지 않나? 나도 공에는 뭔가 특정한 성질이 있는 게 아닌가 하고 생각했거든. 역시 어디서나 프로가 생각하는 건 같아. '나를 포함해 모든 창조된 존재는 변화를 겪는다. 따라서 창조된 단자(볼)도 변화를 피할 수는 없다. 그 변화는 각각의 단자(볼) 속에서 연속적으로 행해지며, 누구나 인정하는 사실이다. 결국 단자(볼)의 자연적 변화는 내적 원리로부터 온다는 것을 알 수 있다. 외적 원인은 단자(볼)의 내부에 작용할 수가 없기 때문이다.' 알겠나? 라이프니츠 선생은 공이 변화하는 이유가 그 내적 원리에 있다고 말하는 거야. 놀랐어, 나로서도 말이야."

"나도 놀랐어."

"뭐, 그렇지. 막 데뷔한 젊은 투수라면 화를 내곤 《단자론》 따위는 찢어버리겠지. '공이 내적 원리로 변화한다고? 무슨 소리야, 공이 변화하는 것은 나 때문이야. 내가 공을 굴리고 있는 거야.' 틀림없이 어쩌고저쩌고 불평하겠지. 내가 볼 때는 그놈들은 우쭐해서 거만해진 거야. 겸허한 자세가 없어진 거지. 그러면 안 돼. '네가 던지는 저 쩨쩨한 슬라이더가 변화구라고 할 수 있나?' 하고 말해주고 싶을 정도지. 그리고 물리학적으로 봐도 틀림없어. 투수가 공을 변화시키는 게 아냐. 투수는 그 계기를 만들어줄 뿐이고, 공기의 저항 때문에 공이 멋대로 구부러지는 거야. 바로 거기야, 내게 느낌이 왔던 것은." 주전 투수는 눈을 감고 생각에 잠기면서 이야기를 계속한다.

"나는 생각했지. 내가 슬럼프에 빠진 건 공의 내적 원리를 파악하지 못했기 때문이 아닌가 하고. '우리들이 의식하는 아주 작은 사상이라도 그 대상 속에는 다양성을 포함한다. 다시 말하면 우리들은 단순한 실체 속에서 많은 것을 경험하는 셈이다. 따라서 정신이 단순한 실체라고 인정하는 사람들은 모두 단자(볼) 속에 내제한 다양함을 인정해야 한다.' 과연 나는 공 속의 다양함을 인정해왔을까? 유감스럽게도 아니야. 매년 스무 경기 가까이 이기면서 스스로 뭔가 굉장한 일을 하고 있다고 착각했는지도 몰라. 1년에 만 개 정도의 공을 던지면서 그 공에 대해서는 알려고 하지 않았던 거지. '단자(볼)가 생겨나거나 없어지는 건 단번에 일어난다. 다시 말하면 창조에 의해서만 생겨나거나 절망에 의해서만 없어지는 것이 아니다.' 공은 없어지지 않아. 아무리 파울볼을 스탠드에 날려도 심판이 다시 공을 던져주는 것은 그 때문이었던 거야." 주전 투수는 잠시 동안 침묵을 지키며 그라운드에서 연습하는 선수들을 바라보고 있었다.

"내게 빠져 있었던 건 겸허한 마음이야. '겸허'야. 통산 183승을 하고 있는데 겸허한 마음으로 이긴 적은 세 번도 안 돼. 그것을 깨달았어. 꽤 거만했었지. 전혀 깨닫지 못했던 거지. 그러니까 야구한테서 버림받은 거야. 어느샌가 야구 밖으로 나와버렸었던 것 같아. 나는 야구로 돌아가야 해. 다행히 나에게는 라이프니츠 선생이 계셔. 선생은 나처럼 길 잃은 투수에게 이렇게 충고하고 있어. '오직 신만이 원시적인 단일체, 즉 근원적 실체이고, 모든 창조된 것들, 즉 파생되어 생산된 단자(볼)는 신성의 끊임없는 전광 방사에 의해서 시시각각 생기는 것이다' 하고 말이야. '신성의 끊임없는 전광 방사'란 도대체 뭘까? 야간 경기에서 조명탑 등에 공이 들어가 보이지 않게 되는 걸 말하는 것일까, 아니면 주간 경기에서 태양에 공이 들어가는 것을 말하는 것일까? 어느 쪽이든 '신성'과 관계있지는 않은 것 같아. 혹시 너클볼같이 회전하지 않는 공을 말하는 것일까? 그렇다면 '전광'이라는 표현과 맞아떨어지지 않아. 확실히 너클볼은 좌우로 흔들리며 떨어지지만 '전광'이라고 할 정도는 아냐. 타자 머리에 맞추라는 것일까? 확실히 타자는 '전광'을 볼 테니까. 그렇지만 빈볼만 계속해서 던질 수는 없지. 처음 1구로 경고, 다음 1구로 즉각 퇴장이니까. 나는 생각했지. 야구 선수는 생각을 해야만 가치가 있어. 바보 같은 프로레슬러나 100미터 달리기 선수와 달라서. 나는 생각했지. 그라운드에서 끊임없이 뭔가를 방사하고 있는 놈이 없나 하고 말이야. 내가 보기에 그것은 포수를 가리키고 있어. 그놈들은 1년 내내 사인을 보내니까. 라이프니츠 선생은 포수의 사인에 고개를 젓지 말라고 말하고 싶었던 게 아닐까? 그렇다면 여러 가지로 얘기가 들어맞아. 포수 중에는 '신성'을 띠고 있는 놈이 몇 명이나 있었으니까. 공의 배분을 생각한다고 해도 나는 기껏 20구나 30구 정도지만, 내가 프로에 들어왔을 때 신세를 졌던 한 포수만 해도 다음 시즌의 올스타전까지 공 배분을 염두에 두었다고 하니까. 그는 마운드 위에서 자주 이런 말을 했어. '꼬마야, 공에는 연결이라는 것이 있어. 거기서 커브를 던졌기 때문에 내년 개막전의 1구째 스트레이트를 죽여버리기도 하는 거야. 없는 머리를 쓰지 마. 내 사인대로 던지면 되는 거야.' 유감스럽지만 그놈 말대로였지. 여하튼 나는 눈앞의 타자를 잡는 데 급급한데 놈은 한 달 후 시합에서 그 타자와 대전할 때를 생각하고 있으니까. 내가 현실의 타자와 싸우고 있을 때, 놈은 훨씬 앞서가서 다른 타자를 잡으려고 하고 있어. 1회가 시작되기 전에 내가 온 신경을 집중해 정성 들여 마운드의 흙을 균일하게 다지고 있자, 놈이 다가와서 '이 시합은 2 대 1로 이기게 되어 있어. 내 사인대로 던져' 하고 귀에 속삭이는 거야. 그리고 놈의 사인대로 던지면 정말 2 대 1로 이겨버리지. 물론 요즘은 포수도 나와 비슷비슷해서 현실의 시합밖에 생각하지 못해. 그렇지만 포수는 소중히 여겨야 해. 나는 그렇게 생각해. 놈이 없으면 내가 던진 공은 누가 잡아줄 거야? 포수에게 감사의 표시를 하고 싶다면 너클볼을 던지지 않는 것으로는 부족해. 나는 포수의 사인에 두 번 다시 고개를 젓지 않을 작정이야. 그것이 아무리 '원시적'이고, '단순한' 사인이더라도."

주전 투수는 사라지고, 나는 그라운드에 혼자 남았다. 그는 나름대로의 해결책을 찾았는데도 나는 아직 못 찾고 있다. 나는 정말로 슬럼프일까? 혹은 슬럼프가 아닌 게 아닐까? 정신과 주치의는 '슬럼프야, 정신적인 슬럼프야' 하고 나에게 말했다.

"나는 그렇게 공이 잘 보이는데도 칠 마음이 생기지 않아요. 공을 칠 수 있다는 것은 압니다. 그렇지만 방망이가 나가지 않아요. 방망이를 든 팔이 경직됩니다."

"실례지만 당신은 부인을 뭐라고 부르고 있지요?"

"포수입니다."

"맞아. 부인이 포수고, 가족은 팀원, 아드님은 배트 보이이고, 아드님이 다니고 있는 학교가 마이너리그 그리고 뭐였더라? 낮에 하는 정사가 주간 경기."

그 말이 맞다. 권태기에 빠진 여느 부부가 그렇듯 도중에 힘이 빠지면 서스펜디드 게임, 계속해서 하면 더블헤더(야구 경기에서 두 팀이 같은 날 연속으로 경기를 두 번 치르는 것-옮긴이), 그래도 결판이 안 나면 플레이오프. 물론 비가 와서 연기될 때도 있다. 붉은 비가 내려 그라운드 상태가 안 좋을 때 말이다. 귀여운 그녀는 드래프트 1위인 루키다. 언뜻 보면 스트레이트로 밀고 나가는 강구 타입인 것 같지만 실은 경험이 풍부하고 변화구에 능한 투수다. 포수의 눈을 피해 그녀 밑으로 도루를 하지만 뭐니 뭐니 해도 중요한 것은 시작하는 타이밍. 기척을 내어 포수에게 들키면 안 된다.

"그거야 나도 그런 말투를 쓸 때도 있지. 전철을 놓치면 터치아웃이라든가."

"그 말투는 잘못됐어." 나도 모르게 항의한다. "전철을 놓치면 다음 전철을 타면 돼요. 그건 터치아웃이라고 안 합니다."

"당신은." 의사는 선고한다. "야구에 너무 빠져 있습니다."

"그렇지만." 나는 또다시 심하게 항의한다. "나는 프로야구 선수예요."

"당신은 그럴지도 몰라. 하지만 당신의 가족은 그렇지가 않아. 나도 그래요. 당신에겐 야구 이외의 관점이 없어요. 아니, 애초부터 관점이라는 것이 없었다고 말하는 게 좋을지도 모르지. 당신은 너무 일을 많이 해서 가정을 돌아보지 않는 샐러리맨과는 달라. 적어도 샐러리맨은 가정이 일을 하는 장소가 아니라는 것쯤은 알고 있지. 당신은 야구를 하러 가서는 야구를 하러 돌아와. 물론 오가는 중에도 야구를 하고 있고. 당신의 슬럼프는 그 때문이에요. 야구를 너무 많이 하고 있어요. 자, 보세요. 당신의 신체는 야구를 거부하기 시작했어요. 불안해진 것이죠. 슬럼프에서 빠져나오고 싶으면 머리를 텅 비워야 해요. 어쨌든 조금은 야구로부터 떨어져보는 게 좋아요. 야구를 머리에서 쫓아버리는 것이죠."

여기서도 또 "머리를 텅 비워!" 코치가 하는 말은 언제나 다름없다. 뭐, 그것도 괜찮겠지. 이놈들은 달리 할 말을 모르는 거야.

"무립니다." 나는 말한다. "차라리 죽는 게 낫습니다. 실례입니다만 선생님은 야구라는 것을 모르시군요. 당신은 '정신'의 프로인지는 모르나 나는 야구의 프로입니다. 심심풀이로 야구를 하고 있는 게 아니에요."

"옆으로 누워 손발을 쭉 뻗고 눈을 감아주세요." 의사는 쌀쌀맞게 말했다.

"캘리포니아 오렌지. 이 말에서 무엇이 연상됩니까?"

"안쪽 낮은 곳으로 자연스럽게 슈트하는 공." 나는 반사적으로 대답한다. "오른발을 안으로 내딛고 방망이를 휘두르는 것을 조금 늦추고 오른편 방향을 노립니다."

"그런 말은 안 해도 됩니다. 그다음, 재무부."

"안전 스퀴즈." 나는 말한다. "일루 선에 닿을 듯 말 듯한."

"우롱차."

"왼쪽 폴을 맞고 아슬아슬하게 넘어간 홈런. 비행 거리는 91
미터."

"가슴."

"큰 가슴입니까? 아니면 작은?"

"크다면?"

"핀치 러너(주자 대신 베이스에 나가는 대타 선수-옮긴이). 도루
열아홉 개, 도루 실패 일곱. 그렇다면 성공률 7할 3푼 8모. 단,
견제구로 아웃되는 것이 네 번. 이런 주자는 1점을 지고 있는 9
회 초에는 무서워서 쓸 수 없어요."

"그럼 작다면?"

"남은 스물여덟 경기에서 여덟 게임 차인 3위. 4위와의 게
임 차는 5.5. 이대로 3위로 시즌을 종료할 가능성이 큽니다. 51
승 7무 44패로 승률은 5할 3푼 6리 8모. 올스타전 이후로 한정
하면 19승 2무 7패로 승률은 7할 3푼 8모. 선취점을 낸 시합은
30승 3무 19패로 승률은 6할 3푼 3리 3모. 6회까지 2점 이상
리드한 시합은 24승 3무 7패로 승률은 7할 7푼 4리 2모. 선발
투수가 6회까지 마운드에 남아 있었던 시합은 39승 4무 19패
로 승률은 6할 7푼 2리 4모."

"왜?" 의사는 초조함을 감추지 않고 말한다. "그것이 연상입

니까? 도대체 왜 그런 것을 연상하죠?"

"그걸, 내가 알 수 있습니까? 선생님, 나는 생각난 것을 멋대로 말하고 있을 뿐입니다."

"그러면, 안타는?"

"안타요? 어떤 안타입니까? 투수의 발밑에 땅볼로 가는 안타입니까, 아니면 우익수와 이루수가 맞선을 보고 그 두 사람의 중간에 떨어진 텍사스히트(빗맞은 타구가 내야수와 외야수 중간에 떨어져 안타가 된 것-옮긴이)말입니까? 아니면 삼루수를 강습하여 글러브가 튕겨 나가 사실은 실책이었는데, 그 삼루수가 스물아홉 경기 연속 무실책이었기 때문에 공식 기록원이 잠시 망설인 끝에 안타가 된 타구입니까?"

"어떤 안타라도 상관없어요."

"선생님. 그냥 안타란 것은 없어요. 오른쪽 펜스의 맨 위쪽을 때린 공이 그라운드를 전전하고 있는 사이에 일루를 돌고 이루에 슬라이드하여 터치아웃이 된 경우에도 타자에게는 안타로 기록됩니다. 번트를 대어 일루 선에 굴러간 공을 파울로 만들려고 보냈는데 아슬아슬하게 페어 지역에 남은 경우에도 마찬가지로 안타예요. 하지만 이 두 개는 전혀 달라요. 아시겠어요?"

"그러면 중견수 앞의 라이너성 안타는요?"

"주자는?"

"주자라니?"

"그러니까 일루에 주자는 있었습니까? 아니면 일루, 삼루에 주자가 있었습니까? 아웃은 몇 개나 됩니까? 아아, 그리고 득점 차는 1점입니까. 아니면 2점입니까? 그것을 모르면 상대 팀의 수비 태세를 알 수 없어요. 만루에서 3점 차라면 3루와 1루는 각각 라인 가까이에 서서 장타를 막아야 하고, 1점 차라면 내야수가 앞으로 나와 홈에서 병살타 자세를 취해야 합니다. 중견수 앞의 라이너라면 중견수도 앞으로 나와 있으니까 이루 주자가 홈으로 돌아가기는 어려워요. 거꾸로 3점 차로 이루, 삼루에 주자가 나가 있고 타자가 장거리에 강하다면, 좌익수와 우익수는 라인을 따라 수비 위치를 바꾸고 중견수도 같이 지키고 있을 것입니다. 라이너라고 해도 하프 라이너일 경우엔 중견수가 당황해서 달려 나올 거예요. 이루 주자는 당연히 스타트를 하고 있을 테니 홈베이스에서는 클로스 플레이(주자와 수비수가 순간적으로 교차하여, 세이프인지 아웃인지 분간하기 어려운 플레이-옮긴이)가 됩니다. 이걸 판단하는 건 어려운 일입니다. 홈에서 주자를 잡는 데에만 신경을 쓰고 있으면 투구를 친 타자까지 이루로 나가게 되니까요. 동점 주자를 내는 것은 어리석음의 극치입니다. 잠깐만, 몇 회 공격이었죠? 경원(투수가 고

의로 사구를 던져 타자를 일루로 보내는 일-옮긴이)을 하여 만루책을 쓸 수도 있어요. 선생님, 그게 확실하지 않으면 나는 아무것도 연상할 수가 없어요. '중견수 앞 안타'라는 것은 존재하지 않아요. 안타라는 것은 더 구체적인 것이라서요. '구체적'이에요. 아시겠어요, 선생님? 그래도 연상을 하라면, 좋아요. '중견수 앞의 안타'라고요? '중견수 앞 안타'에서 나는 다른 '중견수 앞의 안타'를 연상합니다. 다른 '중견수 앞의 안타'는 또 다른 '중견수 앞 안타'를 연상시킵니다. 모든 '중견수 앞 안타'는 연결되어 있어요. 선생님, 당신은 내가 '불안감'을 느끼고 있다고 말씀하시지요. 과연 그럴까요? 내가 불안을 느끼는 것은 사이드스로(투수가 공에서 손을 뗄 때 팔을 지면과 거의 평행으로 휘두르며 던지는 투구법-옮긴이)의 좌완 투수 정도예요. 이놈들하고는 궁합이 안 맞아서요. 작년에도 19타수 6안타였죠. 2할 4푼입니다. 아니, 싫지는 않아요. 오히려 좋아해요. '불안은 어떤 공감적인 반감이고, 동시에 어떤 반감적인 공감이다.' 좋은 말이에요. 이정도의 머리가 있다면 어느 팀이라도 클린업을 칠 수 있지요. 선생님에게 배운 키르케고르예요. 어쨌든 사이드스로의 좌완 투수는 어딘가 마음이 비뚤어진 곳이 있어서요. 그것이 공에 전염되어 있어요. 놈들이 던지는 공 주위에는 오존층 같은 것이 둘러싸고 있어서 이 공을 여러 번 가까이하면 산소가 부족한 상태가 됩니다. 내가 공을 빨리 친 것은 그 때문이에요. 그렇지만 역시 이 공을 보게 되죠. 그러면 뭐라 설명할 수 없는 기묘한 기분이 됩니다. 그것이 '불안감'이지요? 아닙니까? 한번쯤 당신도 타자석에 서서 다가오는 공을 가만히 쳐다본다면 좋을 텐데. 이런 곳에서 묘한 그림을 보여주거나 최면술을 거는 것보다 훨씬 도움이 됩니다. 투수는 정직해서 던지는 공에 그 사람의 속이 다 들여다보여요. 타자는 그것을 가만히 바라봅니다. 이렇게 재미있는 건 없어요. 영화나 소설보다도 훨씬 재미있죠. 그리고 생각합니다. '이 공을 쳐야만 하는 것일까' 하고. 선생님, 나는 슬럼프 따위가 아니에요. 쳐야 할 공이 없을 뿐이에요. 그렇지만 왜일까? 왜 쳐야 할 공이 없어진 것일까? 선생님, 아무리 기다려도 쳐야만 할 공이 오지 않아요. 말로 잘 표현을 못 하겠는데요, 그것이 쳐야 할 공이 아니라는 것은 알 수 있답니다. 야구는 말이죠, 모두가 연결되어 있다고 말씀드렸죠? 이 연결을 끊으면 안 됩니다. 나에게 야구를 가르쳐주신 큰아버지가 곧잘 말씀하셨어요. '연결이 없어지면 끝이야' 하고. '너는 아직 알 수 없겠지만 야구에서 가장 중요한 것은 연결이야.' 내 팀의 주전 투수도 역시 이 연결이 끊겼나 봐요. 그 때문에 심한 슬럼프에 빠져버렸죠. 확실히 성적은 좋아요. 그렇지만 그런 것은 야구하고는 아무 상관이 없어요. 나는 알 수 있습니다. 다른 선수들은 몰라도 나는 알 수 있죠. 그건 슬럼프예요. 76타수 3안타라도 나는 슬럼프가 아니에요. 나는 야구를 제대로 알고 있습니다. 다만 쳐야 할 공이 안 올 뿐이에요. 선생님, 저놈들에게 말해주세요. 마운드 저쪽에서 공을 던져오는 너절한 투수들에게, 내가 칠 수 있는 공을 던지도록 말해주세요. 그냥 던지기만 해서는 안 된다고. 자신이 던지는 공이 맞아야 할 공인지 아닌지 잘 생각하고 던지라고 말해주세요. 그러면 그놈들도 알아들을 거예요. 슬럼프는커녕 나는 지금 야구를 시작한 이후 최고의 상태입니다. 이렇게 기분 좋게 타자석에 들어가본 적이 없었죠. 타자석에서 나올 때는 숙면을 취한 것처럼 상쾌한 느낌이 듭니다. 그동안 타자석에서 무엇을 했는지 기억하지 못할 정도예요. 공이 팔 가까이 온다, 그것이 치면 안 되는 공인 것쯤은 금방 알 수 있다, 그리고 더욱 공이 가까이 온다. 선생님, 거기서부터 멋진 일이 펼쳐지는 거예요. 기억 못 하는 것이 유감이지만 어쨌든 완전히 야구 안에 들어가버린 기분이 들어요. 어디가 슬럼프입니까? 헤헤, 듣고 싶네요. 성적이라고요? 신경 안 써요. 언제까지나 이대로일 리가 없어. 그래, 라이프니츠가 말하고 있어요. 라이프니츠 말입니다. 나도 방금 들었습니다만. '실제 우리들은 아무것도 기억 못 하는 상태, 두드러진 표상을 조금도 가지지 않는 상태를 우리들 자신 안에서 경험한다. 예를 들면 우리들이 기절했을 때라든가 꿈 하나 꾸지 않고 잠에 빠졌을 때와 같은 것이다. 이 상태가 되면 정신도 단자(볼)와 크게 다르지 않게 된다. 하지만 이 상태는 오래 계속되는 것이 아니라 정신은 거기에서 빠져나오므로 정신은 단자(볼) 이상의 것이라는 게 된다.' 이다음이 기대돼요. 내 정신이 공 이상의 것이라는 것을 알게 될 때가 말입니다. 헤헤, 그러니까 나는 걱정 같은 건 안 합니다. 안 하겠습니다."

제
3
장

센티멘털 베이스볼 저니

정신병원을 전전하던 큰아버지가 오랜 입원 생활을 청산하고 갑자기 나타나 우리 집 부엌의 식탁 밑에 살기 시작한 것은 내가 초등학교 5학년 때였다.

학교에서 돌아오니 부엌 식탁 밑에서 기묘한 물체가 말하고 있었다. 나는 부엌을 둘러보았다. 아무도 없었다. 아무래도 그 기묘한 물체는 나를 향해 말하고 있는 것 같았다.

"상상을 해봐." 그 기묘한 물체는 말했다.

"상상해. 상상해."

나도 모르게 상상을 했다―게이오 플라자 호텔의 벽면을 기어 올라가는 달팽이를.

"상상해. 상상해. 상상해."

늘어선 빈 맥주 캔으로 만들어진 마법의 요새 중심에서 기묘한 물체가 "상상해"라고 중얼거리는 소리를 들으며 달팽이는 조금씩 벽을 기어 올라갔다. 큰아버지는 걱정스러운 내색을 감추지 못했다. "설마, 달팽이 따위를 상상하고 있는 건 아니겠지?"

"네." 나는 대답했다.

"물론, 야구를 상상하고 있겠지?"

"물론이죠."

나는 거짓말을 했다. 어른의 기대에 부응하는 것이 아이들의 의무이기 때문이다. 우선 나는 야구 같은 건 잘 몰랐다. 그러나 그것은 내 죄가 아니다. 야구 같은 건 아무도 몰랐으니까.

"소년아." 그는 친근한 듯이 내 손을 잡고 말했다. "너야말로 내가 찾던 인간이야."

그것이 나와 큰아버지와의 만남이었다.

"잘은 모르겠는데 무척 유명했었대." 아빠는 말했다. "나도 아버지에게 들은 말이라 확실히는 모르겠지만 그 분야의 일인자였다나 봐."

"그 분야라니 야구를 말하는 거예요?"

"글쎄. 야구라던가 뭐라던가 그랬지. 그렇지, 여보?"

"그런 얘긴 잘 모르겠어요, 여보. 그보다도 빨리 밥이나 먹어요." 하는 엄마.

나는 야구를 몰랐다. 내 친구들도 아빠도 엄마도 몰랐다. 선생님조차 몰랐다. 할 수 없이 나는 수업 시간에 쓰는 국어사전에서 찾아보았다.

"야구(사어(死語))……아주 옛날에 사라졌기 때문에 자세한 것은 알려지지 않았다. 긴 것으로 둥근 것을 치는 게임이라고도 전해진다. 지면에 네모난 것을 놓고 악귀를 쫓았다.

야우(사어(死語))……① 야생 소 ② 인명"

곧바로 나는 긴 것으로 둥근 것을 쳐보았다. 아빠의 낚싯대로 딤플이 이중으로 새겨진 골프공을. 그러나 이건 빗나가도 보통 빗나가는 게 아니다. 꼬치용 생선은 잡혀도 골프공에는 맞지 않는다. 나는 다시 테니스 라켓으로 자몽을 쳐보았다. 이건 멋지게 맞았다. 자몽이 산산조각 나며 흩어지고 라켓의 손잡이 부분은 벗겨져 날아갔다. 거참, 이런 것을 재미있어한 고대인의 심정을 알 수가 없다.

아침에 학교에 가려던 나는 부엌 식탁 밑에 기숙하고 있는 큰아버지 때문에 난처하다. 거기를 지나가지 않으면 현관에 다다를 수 없다. 살금살금 양말까지 벗고 소리를 내지 않으려 눈물겹게 노력했지만, 잠이 푹 들었던 큰아버지의 눈꺼풀이 블라인드처럼 사르르 올라간다.

"소년아, 야구에 관해 생각하고 있니?"

"스물넷"이라고 나는 말한다.

"스물넷? 뭐가 스물넷이야?"

"미안하지만 쓸데없는 일을 생각할 시간이 없어요. 어젯밤부터 빈 캔이 스물네 개 늘었어요. 그럼, 다녀올게요." 그 말만 하곤 나는 현관을 향해 달리기 시작한다.

"학교에 갈 시간이 있으면 야구를 생각할 시간도 있을 거야."

"1333. 그건 억지예요, 큰아버지. 나에게도 의무라는 것이 있어요—초등학생으로서의."

"네 입에서 그런 말을 듣다니. 그런데 1333이라니 그게 뭐야?"

"호조 가문(가마쿠라막부의 창립에 공을 세워 정권을 장악한 가문—옮긴이)이 멸망한 해예요. 그럼 이젠 가볼게요. 아아, 바쁘다."

나는 누구에게도 간섭받고 싶지 않았다.

다음 날부터 신출귀몰한 큰아버지의 공격이 시작됐다. 아침에 눈을 뜨자 보이는 것은 침대 속 내 옆에서 자고 있던 큰아버지의 웃는 얼굴. 만화《북두의 권》꿈을 꾸고 있던 나는 아직 악몽이 계속되는 줄 알고 깜짝 놀라 거꾸로 바닥에 굴러떨어진다.

"히 이즈 아웃! 이것은 예수 탄생 이전부터 전해 내려오는 주문이야. 이렇게 선고받은 놈은 최후의 심판—주심을 말해—이 돌아와도 좋다고 할 때까지 선수 대기석이라는 지옥에서 영원히 기다려야 하는 엄벌을 받았어."

"엄마, 살려줘! 큰아버지가 또 이상해졌나 봐."

"단지 어두운 구름 속을 달려만 가는 러닝 지옥, 하늘에서 떨어지는 은총을 여기저기 뛰어다니며 잡는 노크(야구에서 수비 연습을 위하여 공을 치는 것-옮긴이) 지옥, 같은 곳을 언제까지나 왔다 갔다 하는 캐치볼 지옥. 이처럼 지옥에도 몇 가지 종류가 있어. 그렇지만 어디가 지옥이고 어디가 천국인지 그것을 판단하는 것은 보기보다 어려워. 진지하고 성실하기 이를 데 없는 선수가 집 안에서 쉬고 있었을 때, 갑자기 잘 모르는 심판이 현관으로 들어와 '아웃!'이라고 선고한 예가 보고되어 있으니까."

도대체 큰아버지는 무슨 생각으로 나에게 야구 이야기를 하고 있는 것일까? 이 순진무구한 소년의 마음에 무엇을 불어넣으려고 하는 건지. 선량한 소년 즉, 나를 속여 악의 길로 끌어들이려고 하는 속셈인지도 모르겠다.

"아무도 야구 따윈 몰라요!"

"나는 알고 있어."

나는 그런 큰아버지의 정열, 아니, 쓸데없는 참견이 성가셔진다.

"나를 귀찮게 하지 말아요! 혼자 하면 되잖아."

"야구는 혼자 할 수 없어."

"그럼, 다른 사람에게 말해보던가."

"그렇지만." 큰아버지는 생긋 웃으며 말한다. "네게는 소질이 있어."

무슨 소질? 거짓말쟁이의 소질?

아침을 먹을 여유도 없이 쏜살같이 학교로 간다. 어떻게 앞질렀는지 큰아버지는 교문 앞 지면에 분필로 그린 코치박스 안에서 한 손을 빙글빙글 돌리고 있다.

"달려라! 달려! 홈을 향해 달려!"

큰아버지 옆을 전속력으로 지나 가까스로 교실 문을 연다. 어떻게 된 건지 큰아버지는 뻔뻔스럽게 교단 위에 서서 반 친구들을 향해 1교시 수업 중이다.

"B, A, S, E, B, A, L, L. 베이스볼. 자, 다 같이 소리를 맞춰서!"

"B, A, S, E, B, A, L, L. 베이스볼!"

나는 절망에 휩싸여 눈앞이 깜깜해진다. 마음을 가다듬기 위해 그대로 유턴을 해 화장실로 뛰어든다. 바지를 내리고 엉덩이에 차가운 공기를 쐬면 좋은 생각이 날 때도 종종 있으니까. 아아, 그러나 화장실 문을 두드리자 안에서 큰아버지의 목소리가 들려오는 게 아닌가!

"루 브록, 후쿠모토 유타카, 야시키 가나메. 훌륭한 주자는 셀 수 없을 정도지만 그중 최고봉은 뭐니 뭐니 해도 이 남자야. 자, 잘 들어라—아아, 그 남자, 그 남자를 위해서 나는 지금 이렇게 뛰고 있는 거야. 그 남자를 죽게 해서는 안 된다. 서둘러, 메로스(다자이 오사무의 소설《달려라 메로스》의 주인공-옮긴이). 늦으면 안 돼. 사랑과 진실의 도루왕의 스피드를, 지금이야말로 알려줘야 해."

나는 몸을 돌려 여자 화장실로 향한다. 노크도 안 하고 문을 여니, 이번에는 도형이 그려진 휴대용 칠판을 들고 나를 기다리는 큰아버지.

"늦었구나. 기다리고 있었어."

도대체 큰아버지의 분신은 몇 명이나 되는 건지!

"우선, 이 그림을 봐."

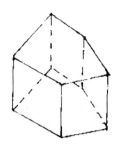

"먼저 말해두겠는데 이것은 개집이 아니야. 혹시 그렇게 보인다면 그건 내가 그림을 잘 그리지 못했기 때문이야.

자, 야구 역사상 가장 위대한 타자 중 한 사람인 다카기 유타카는, 우리들이 살고 있는 이 세계, 리얼 월드를 다음 두 개로 분류하고 있다.

(1) 홈베이스에 있는 타자의 어깨로부터 무릎까지의 공간 (즉 스트라이크존. 저 봐, 내가 그린 개집 같은 삼차원의 도형이야).

(2) 그 이외의 모든 것.

이 오각기둥이 보이지 않는 공간은 손으로 만지면 안 돼. 규칙상 스트라이크존 내부에서 데드볼은 스트라이크로 보기 때문이다.

다카기 유타카는 이렇게 말했지.

'모든 타자는 언제나 이 도형을 상상할 수 있어야 합니다.'

다카기 유타카는 어떠한 때라도 스트라이크존을 상상할 수가 있었다.

'스트라이크존이여, 보여라! 입속에서 이렇게 소리 내어 외기만 하면 시합 중에도, 연습 중에도, 나중에는 아내와 침대에 들어가 있는 중에도 스트라이크존을 출현시킬 수 있습니다.'

만년에 그는 스트라이크존을 가지고 다닐 정도였다고 해. 바에 가면 다카기 유타카는 '나에게는 버번 언더 록, 내 스트라이크존에게는 김렛을 줘'라고 입버릇처럼 말했어.

그렇지만 다카기 유타카의 스트라이크존은 불우한 만년을 보내야 했지. 금세 만취해버리는 그를 업고 돌아가야 했기 때문이야."

정신을 차리고 보면 나는 큰아버지에게 야구의 초보 이론을 배우고 있었다. 처음에는 억지로 술을 먹고 첫 경험을 보낸 여자아이의 마음, 이윽고 그것이 쾌감으로 바뀌어가는 것도 똑같았다. 여성 잡지에서 잘 볼 수 있는 그런 말투. 진실인 것 같으니까 비유처럼 쓰고 있을 뿐인데 정말인지는 모르겠다.

왜냐고 누가 물어보아도 실은 당사자인 나도 모르겠다. 단지 거절할 이유가 없었거나 미친 듯이 열중할 수 있는 것을 적어도 하나는 소유하고 있는 큰아버지가 부러웠는지도 모른다. 또 다른 이유가 있었다고 해도, 지금 와서 정확하게 생각해내

는 것은 불가능하다. 모든 것을 정당화시키는 기억의 윤색을
거친 후로는.

이윽고 시작되는 야구 레슨.

"너에게 야구의 모든 것을 가르쳐줄게."

깊은 밤 정적에 싸인 부엌. 성스러운 그의 침소, 부엌 식탁
밑에서 큰아버지가 엄숙하게 레슨 개시를 선포한다.

"소년이여, 야구야말로 인간이 만들어낸 제일 좋은 것이야.
두려워할 건 아무것도 없어. 마음이 깨끗한 자에게도 그렇지
않은 자에게도 야구는 열려 있어.

먼저 야구에서 가장 중요한 것은 무엇일까? 그건 속임수야.
이걸 할 수 없으면 야구 선수로서 일류라고 할 수 없어.

속임수에도 여러 가지가 있어. 투수라면 버클 뒤에 줄을 숨
기거나, 모자의 차양 밑에 그리스(모발용 윤활유-옮긴이)를 발라
공을 조작해. 예로부터 뛰어난 투수는 속임수를 쓰는 데 힘써왔
어. 커미셔너(프로스포츠의 품위와 질서유지를 위해 권한을 위임받
은 최고 관리자-옮긴이)나 규칙 위원회가 아무리 협박을 해도 공
에 뭔가를 문질러 바르려는 투수의 정열을 막을 수는 없었어.
고대의 투수는 주로 땀이나 침을 공에다 문질러 발랐지. 너는
모르겠지만 문질러 바르는 액체의 점성이 강할수록 공에는 미

묘한 변화가 생기는 거야. 대개 투수는 땀이나 침뿐만 아니라 신체에서 분비되는 것은 모두 이용했지. 피, 지방, 가래, 콧물, 귀지. 소변, 대변, 정액. 시합이 시작되면 모든 투수가 관객 눈앞에서 숨겨놓은 칼로 글러브 안의 손바닥을 찌르거나, 여드름을 짜거나, 손으로 코를 풀거나, 남몰래 자위에 열을 올렸어. 시합 중에 출혈 과다로 죽는 투수도 많았지. 명예로운 전사인 셈이야. 그렇지만 그런 것을 두려워하는 투수는 한 사람도 없었어. 타자들도 입으로는 투수를 향해 '겁쟁이'나 '애송이'라고 야유를 퍼부었지만 마음속으로는 존경하고 있었어. 물론, 타자들도 힘들었지. 공과 함께 피나 소변, 정액이 날아오니까 1년 내내 몸은 끈적끈적했어. 대개 타자들은 선글라스를 쓰고 타자석에 들어갔는데, 2, 3구를 놓치면 액체가 흠뻑 묻어 아무것도 보이지 않았어. 결국 선글라스나 안경을 쓰지 않는 타자들이 침이나 땀 정도는 참겠지만 피나 정액은 금지해달라고 주장하기 시작했어. 그런 걸 맞으면 눈이 시려서 한동안 뜰 수 없게 되니까. 투수가 체액에 의존하지 않은 건 그 무렵이야. 그놈들은 자신의 체액 대신 그리스나 로션, 바셀린, 남성용 무스, 튜브에 든 초콜릿, 순간접착제 아론 알파 혹은 그 외 정체불명의 점성 물질을 쓰기 시작했어. 그것만으로는 효과가 적다고 생각한 투수는 마술이나 최면술도 썼지. 아론 알파에 마술이나 최면술을 조합해 쓴 날은 타자들도 힘들었지. 여하튼 의식을 확실하게 지키는 게 힘들었어. 투수의 눈을 가능한 보지 않도록 노력하지만, 일단 놈들과 눈이 마주치면 몸을 자유로이 가눌 수 없게 돼버려. 바로 전까지 그라운드에서 야구를 하다가 케냐의 응고롱고로국립박물관 한가운데에서 거대한 하마와 대결하고 있는 식이지. 유년기에 트라우마를 겪은 선수는 굉장한 영상을 보기도 했대. 어, 벌써 맥주가 떨어졌군. 자판기에서 좀 사다주지 않을래?"

봇물이 터지듯이 내게 야구 정보가 흘러 들어왔다.

"주의해. 귀를 기울여. 이 세상에서 야구와 관계없는 건 하나도 없어."

나는 귀를 기울이고 눈을 크게 떴다. 아아, 얼마나 나는 무지했던가. 이 세계는 이렇게나 야구로 가득 차 있었는데.

모월 모일

"모름지기 야구 선수는 신체나 정신에 중대한 결함이 있어야 한다." 큰아버지는 말했다.

"양쪽에 결함이 있으면 더할 나위가 없다. 내가 알고 있는 사람 중에서 가장 만만치 않은 투수는 양다리 모두 무릎까지만 있어서 휠체어를 타고 있었어. 뿐만 아니라 귀머거리에 사팔뜨기, 주로 쓰는 팔의 손가락이 두 개밖에 없는 결혼 사기 상습범이었어. 이놈이 던지는 공은 정말로 치기 힘들었지."

"나는요? 내게도 결함이 있어요?"

"네게는 아직 결함이라고 할 만한 것이 없군. 그렇지만 실망할 필요는 없어. 명선수들도 처음에는 결함 따위 없었어. 피나는 노력을 거듭한 끝에 그들은 중대한 결함을 손에 넣었지."

"알았어요. 큰아버지."

나는 마음속으로 몰래 맹세했다. 언젠간 반드시 굉장한 큰 결함을 손에 넣으리라, 하고.

힘든 단련의 나날은 계속되었다.

어떤 날은 두 시간 내로 900개의 야구 시(詩)를 짓는 고행.

711. 제목, 세계 최장 시합.

그러니까,

세계의 시작과 함께 시합이 시작되고

세계가 끝남과 함께 시합이 끝난다

신들의 베이스볼

아마도 그게 세계 최장 시합

보는 쪽은 지루해라

아아, 부디 영겁회귀 따위는 하지 않기를

712. 제목, 피칭머신.

피칭머신이여

피칭머신이여

너는 우리 어떤 투수보다도 컨트롤이 좋구나

그러니까

오늘부터는 선수로서 등록해줄게

713. 제목, 중견수.

나는 39년 동안 센터를 지키고

대략 1만 3000개의 센터플라이를 잡아왔어

생각해보니

플라이를 잡을 때 외엔 하늘을 본 적이 없구나

714. 제목, 스코어북.

내가 좋아하는 것은 퍼펙트게임일 때의 스코어북이야

거기에는 아름다운 질서가 있어

그다음으로 좋아하는 건 삼진을 많이 잡는 투수의 시합이지

그 스코어북은

카프카의 소설 같아

또 어떤 날은 리모컨을 움켜잡고 매일 100편 이상의 포르노 비디오를 감상했다. 상상을 초월하는 하드 트레이닝이었다.

"큰아버지, 나 이제 싫증이 났어요."

"이 정도로 우는소리를 하다니 한심하군. 이봐, 딴청 피우지 마. 그런 대화 장면은 빨리 넘기고 얼른 다음 야한 장면으로 가거라."

"그렇지만 모든 비디오가 마지막엔 얼굴에 사정하고 끝나잖아요. 어른들은 재미있을지 모르겠지만, 나는 아직 털도 안 났다고요. 기분 나빠."

"소년이여, 잘 들거라. 포르노는 어린아이에게도 어른에게도 죽도록 따분한 것이야. 그렇지만 이 정도의 따분함에 지긋지긋해할 정도면 도저히 훌륭한 야구 선수는 될 수가 없어. 야구 역사에 빛날 정도의 명선수들은 대개 '1000번 노크'라고 해서 하루에 1000번이나 포르노를 보는 맹훈련에 힘썼어."

마침내 나도 큰아버지와 같은 야구광이 되었다. 두 사람의 열정은 식을 줄 모르고 뜨거워져만 간다.

이런 나와 큰아버지를 볼 때마다 엄마가 보내는 차갑고 냉소적인 시선.

"드디어 미치광이가 두 사람으로 늘어났어. 야구도 좋지만, 빨리 밥이나 먹어치워!"

시작이 있으면 끝 또한 있다.

혹독한 훈련을 이겨낸 내게도 졸업의 날이 찾아왔다.

"소년이여, 너는 지금까지 잘 해냈어. 이젠 네게 가르칠 것은 아무것도 없다. 마지막 훈련은 모든 야구 선수들이 지나간 관문이야. 이 종이에 쓰여 있는 주소로 찾아가, 거기서 살고 있는 남자한테 이야기를 듣고 오너라. 그놈은 여러모로 유익한 이야기를 해줄 거다. 너는 거기까지 혼자 가야만 한다. 도중에 무슨 일이 생겨도 결코 당황해서는 안 돼. 그리고 주위에서 무슨 일이 벌어지고 있는지 항상 주의를 기울여야 한다. 좌절할 것 같으면 네 자신이 야구 선수임을 떠올리거라. 알겠지?"

"네."

"좋아. 알았으면 가거라! 자, 출발이다!"

나는 뒷문을 통해 밖으로 나왔다. 뒤를 돌아 지금 막 나온 우리 집을 보았다. 부드러운 아침 햇살을 비스듬히 받으며 하얗게 빛나는 그 집은, 홈베이스 같기도 하고 펭귄의 무덤처럼 보이기도 했다.

나는 큰아버지가 '위대한 선수들의 거리(그레이트 플레이어스 스트리트)'라고 명명한 아스팔트 길을 걸어서 북쪽으로 향했다. 도중에 학원에 다니는 초등학생들의 무리를 지나쳤다. "안녕" 하고 말했다. 그 무리 중에 한 사람 정도는 아는 애가 있으리라고 생각했기 때문이다.

"안녕." "안녕." "안녕." "안녕." "안녕." "안녕." "안녕."

초등학생들은 한 명도 빠짐없이 내게 인사를 하더니 그대로 사라졌다. 아는 애라곤 한 명도 없었다. 예의 바른 초등학생들이었다.

한참 가자, '고장'이라는 쪽지가 붙어 있는 자동판매기와 오랫동안 주차해놓은 시빅 그리고 집 앞의 낙엽을 쓸고 있는 중년 부인이 보였다. 내 생애 최초의 기억은 그 '고장' 난 자동판매기와 먼지 쌓인 시빅 그리고 낙엽을 쓸고 있는 중년 부인인데, 언제 거기를 지나도 그들은 사이좋게 나란히 서 있었다. 그들은 영원히 '고장' 난 자동판매기와 영원히 먼지가 쌓인 시빅 그리고 영원히 낙엽을 쓸고 있는 중년 부인이었다. 내 심장은 화재를 알리는 종처럼 울리기 시작했다. 순간 쓰러질지도 모른다고 생각했다. 나는 그 자동판매기와 계속 주차해놓은 시빅과 낙엽을 쓸고 있는 중년 부인 앞에서 자주 넘어졌다. 뭐랄까, 그들 앞을 지나면 정신이 아찔해지는 것이다.

나는 큰아버지의 충고를 떠올렸다. "자동판매기와 시빅은 국제무역센터가 있는 뉴욕의 쌍둥이 빌딩이고, 청소를 하고 있는 부인은 자유의여신상이다. 바로 가까이에는 양키 스타디움이 있어. 그렇게 생각하면 마음이 안정될 거야. 나는 언제나 그렇게 생각해. 그러니까 무서운 건 아무것도 없어."

나는 국제무역센터의 쌍둥이 빌딩 앞을 지나고는 자유의여신상 앞을 지나쳤다. 자유의여신상은 "어디 외출해요?" 하고 내게 말을 걸었다. "네." 기뻐서 어쩔 줄을 몰랐다. 현기증도 사라졌고 자유의여신상이 말을 걸어왔기 때문이다.

넓은 한길에 이르러 정류장에서 버스가 오는 것을 기다렸다. 녹색 버스가 오자 나는 그것을 탔다. 걸어가려고도 했지만 큰아버지는 "그런 데에 쓸데없는 힘을 쓸 필요는 없어. 12세기가 아냐" 하고 충고했다.

가게 안에는 두 노인이 있었다. 인상이 좋은 노인들이었다. 나도 언젠가 노인이 된다면 저런 모습으로 늙으면 좋겠다고 생각했다. 노인들은 나에게 여러 이야기를 해주었다. 시간이 너무 늦어지면 안 되기 때문에 나는 도중에서 이야기를 일단 끊었다. 노인들은 조금 실망한 것 같았다. 그들은 내가 더 있어주길 원하는 것처럼 보였다. "귀가 시간을 지키지 않으면 어머니한테 야단맞아요." 나는 말했다. 노인들은 너그럽게 이해해주었다. 마지막으로 나는 노인들의 사인을 받았다. 무사히 거기까지 간 것을 큰아버지에게 증명하기 위해서였다. 노인들의 사인은 초등학생인 내가 보아도 엄청난 악필이었다. 그렇다고 해서 그들을 경멸하지는 않는다. 생각하기에 따라서 매우 개성적인 글씨라고도 할 수 있으니까. 자, 봐요.

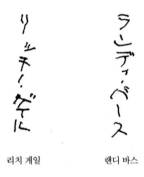

리치 게일   랜디 바스

어느 날 큰아버지가 내 눈앞에서 사라졌다. 충분히 예상 가능했던 일이었다. 언제까지나 둘이서 캐치볼만 하고 있을 수는 없었으니 말이다. 야구는 아홉 명이서 한 팀, 두 팀이 안 되면 시합을 할 수가 없는데, 이대로라면 죽는 날까지 야구가 아니라 야구 비슷한 것을 계속할 게 불 보듯 뻔했다. '다음에 만날 때는 각각의 팀을 이끌고 진짜 야구라는 것을 해보자.' 우리들

은 이렇게 굳게 약속하고 각자의 길을 떠났다.

나는 우리 팀에 들어올 인재를 스카우트하기 시작했다. 처음 목표물은 꿈꾸는 열세 살. 뚱보에 못생기고 땅딸보인 데다 안경을 낀, 어느 면에서 보나 구제 불능인 여자아이.

"난 멍청하고 느린 거북이니까." 여자애는 이렇게 말했다.

"운동신경이 1밀리그램도 없어."

"괜찮아." 나는 그녀에게 용기를 북돋아준다. 이 운동의 장점은 누구나 할 수 있다는 것이니까.

"나도 할 수 있어?"

"물론."

그 모습을 보고 있던 지나가는 사람들은 무엇을 오해했는지 경찰에 통보한다. 나와 여자애는 체포되고 정신을 차려보니 가정법원이다.

"이 사건에 대해서 말하지 못한 것이 있으면 하세요."

보아하니 이미 소년원행은 결정 났고 고작 형식적으로 의견을 기술하는 자유가 허락됐을 뿐이다.

야구의 존재를 모르는 사람들에게 "(내) 긴 것으로 (너의) 둥근 것을 치게 해줘"라는 말의 뜻을 설명하는 것은 도저히 무리였다. 나는 냉정한 어조로 이렇게 말했다.

"여러분, 이 시합은 내가 졌습니다. 그렇지만 한 시즌은 130

119

시합. 우승할 수 있는 선은 75승. 한두 시합 지더라도 아무렇지도 않습니다."

내 야구 인생의 빛나는 제1장은 이렇게 시작되었다.

제
4
장

일본 야구 창세 기담

어디까지 얘기했더라, 하고 감독은 말했다.

감독님, 어디든 저기든 아무 말씀도 안 하셨어요, 하고 여자는 말했다. 오늘은 아직.

아무 말도? 정말 아무 말도 안 했던가? 그러면 딕이라는 남자에게 커다란 영향력을 행사한 얘기부터 시작하지.

감독님, 중견수인 기타무라가 말했다.

뭔가.

딕이라니, 누굴 말씀하시나요?

아주 최근에 우리들이 영향력을 행사한 어느 나라의 외국 선수야.

그놈은 딕이 아니라 클라우스라든가 게리라든가 그런 이름이 아니었던가요?

그랬을지도 모르지. 그랬을지도 모르지만 그게 중요한 일인가? 딕이든 클라우스든 게리든 크게 다를 바 없지 않나? 몰타든 브루노든 오이스트로비치든 말이야. 어쨌든 그놈은 일하러 가고 싶지 않았던 거야. "일하고 싶지 않아" 하고 그놈은 말했지. "전혀. 그렇지만 다리가 제멋대로 일하러 가려고 해. 이래 가지곤 다리를 잘라버릴 수밖에 없어." 그러고는 사히브 시하브는 다리를 잘라버렸어.

사히브 시하브라고요? 딕이라고 말씀하지 않았던가요? 조금 전에.

그래요. 감독님, 우리들도 사히브 시하브라는 말은 처음 들어요. 들어보지도 못했어요.

너희들은 좀 문제가 있어. "딕이 다리를 잘라버렸다"라고 하는 것보다 "사히브 시하브가 다리를 잘라버렸다"라고 하는 편이 훨씬 실감이 나는 걸세. 어쨌든 사히브 시하브는 다리를 자르고 근무지에 전화를 걸었어. "여보세요. 다리를 잘라버렸기 때문에 나갈 수 없어요."

"안 돼요. 갑자기 그런 말을 해도 소용없어요. 대신 일할 사람을 보내지 않으면 와야 해요." 할 수 없이 사히브 시하브는 구급차를 불렀지. 사히브 시하브의 근무지는 병원이었기 때문에 치료를 받든, 일하러 가든 우선 거기에 가야 했던 거야.

무슨 말씀을 하고 싶으신 거예요? 깊은 의문에 싸여 여자가 물었다. 저는 무슨 말인지 전혀 이해가 안 가는데요. 말씀하시는 의미가.

우리가 사히브 시하브에게 영향력을 행사했다는 것을 말하고 있는 걸세.

그 말씀에 반박을 하는 것 같지만, 그 얘기에는 감독님이 등장할 여지 따윈 없지 않나요?

내가 딱 들어갈 여지가 있어. 사히브 시하브에게 잃어버린 다리 대신 롤스로이스사 엔진을 장착한 의족을 달도록 충고한 게 바로 나야. 좌우 다리 모두에 20만 마력의 엔진이 달려 있지. 그 이후로 사히브 시하브는 시속 1만 2000마일로 뛰는 간호사가 되었어. 만약 양손을 잘라버리고 한 쌍의 엔진을 더 붙인다면 대기권 밖으로도 탈출할 수 있을 텐데.

감독님!

뭔가.

많은 사람들이 줄 서 있습니다. 끝이 안 보일 정도로 깁니다.

어떤 종류의 인간들이 그 안에 보이나?

여러 종류입니다, 감독. 다만 다섯 명 중 한 명은 다이요 웨일스(요코하마를 연고지로 둔 센트럴리그 야구팀. 현재는 요코하마 DeNA 베이스타스로 바뀌었다-옮긴이) 선수인 것 같습니다만.

뭐라고!

감독님, 무슨 일이 있으세요? 땀에 흠뻑 젖으셨네요. 뭔가 잘못되기라도 했나요?

이런 격언이 있는 걸 모르나? "많은 사람들이 줄을 서 있는 것을 보았을 때는 주의해야 한다. 특히 그중 많은 사람들이 다이요 웨일스 선수일 경우에는."

처음 듣는데요.

그럴 테지. 나도 지금 막 생각해낸 말이니까. 여하튼 심상치 않은 사태인 것은 틀림없어. 이놈들아, 다시로 도미오(전 다이요 웨일스 소속 야구 선수-옮긴이)를 연행해 오너라.

네! 하지만 감독님. 우리 팀 멤버 중에는 다시로 도미오를 알고 있는 사람이 없습니다만.

내가 다시로 도미오의 식별법을 가르쳐주지. 알겠나? 뒤에서 조용히 다가가서 갑자기 얼굴 앞에 릴라당(19세기 프랑스 소설가-옮긴이)의 《잔혹한 이야기》를 펼쳐 보여라. 물론 사이토 이소오가 번역한 것으로. '설화석고(앨러배스터)'나 '오쿠쓰키(고대 일본의 무덤-옮긴이)'가 아니면 분위기가 안 나니까. 그것을 보고 기절하면 그놈이 다시로 도미오일 가능성이 높아. 물론 그것만으로는 확실히 판단할 수 없지. 그때는 주변을 에워싸고 '덴파이폰친 체조(일본의 텔레비전 프로그램에 소개되었던 율동-옮긴이)'를 하든지 브루스 스프링스틴의 〈본 투 런〉을 노래방에서 불러줘. 다시로 도미오라면 당황하며 도망가려고 할 거야. 만약 같이 부르기 시작하면 그놈은 다시로 도미오가 아니

125

라. 롯데 오리온스(일본 퍼시픽리그에 속한 야구팀으로, 지바 롯데 마린스의 전신-옮긴이)의 미즈카미야. 알았지?

네!

감독님, 이번에는 알아들었어요. 당신은 다시로 도미오에게 영향력을 행사하여 어떤 일을 실현시키려는 것이죠?

내가 다시로 도미오란 놈에 대해 전혀 모른다는 사실을 빼면 네 말대로지.

감독님, 다시로 도미오를 데리고 왔습니다.

이놈이 틀림없이 다시로 도미오인가?

네. 릴라당의《잔혹한 이야기》를 보자마자 실신했고, 그 후에 우리들이 '덴파이폰친 체조'를 시작하자 깨어나더니 노래방을 찾기 시작했어요.

이봐, 너는 틀림없이 다시로 도미오인가?

맞구먼유. 다시로 도미오는 말했다.

그렇다면 너는 벌을 받아야 해. 단, 어떤 벌로 할지는 네가 고르게 해주마. 첫 번째는 '헤네모케시', 두 번째는 평생 동안 커피를 마실 때는 던킨 도넛만을 먹을 것, 세 번째로는 스카이락(일본의 패밀리 레스토랑 브랜드-옮긴이)에서는 반드시 커피 리필을 부탁할 것, 마지막 네 번째는 신이 될 것. 자, 어느 걸 고르겠나?

'헤네모케시'란 뭔가유, 아저씨.

누가 질문을 하라고 했나? 너는 잠자코 고르기만 하면 돼. 30초 이내에 대답하지 않으면 이다음 것에서 골라야 해. 첫째는 '아민(일본의 여성 듀엣-옮긴이)'의 왼편 여자, 두 번째는 '아민'의 오른편 여자, 세 번째는 롯데로 옮긴다. 네 번째는 가와사키 구장을 본거지로 하는 구단(1992년 연고지를 지바현으로 옮기기 전까지 롯데는 가와사키 구장을 홈구장으로 사용했다-옮긴이)으로 옮긴다. 다섯째는 미즈카미가 있는 구단으로 옮긴다.

그럼, 신이란 것으로 해둬유.

좋아. 너를 게이힌 급행(도쿄와 요코하마 사이를 운행하는 전철-옮긴이)의 '보상받지 못한 사랑'과 부동산 중개소와 NTT(일본전신전화회사-옮긴이)의 팩시밀리 회선을 주관하는 신으로 임명하지. 알았나? 좋아. 그렇게 결정되면 이젠 이놈한테는 볼일은 없어. 사인을 100장 쓰게 하곤 내다 버려라.

짝짝(박수 소리). 브라보, 브라보. 정말로 마음 깊이 감격했어요. 얼마나 훌륭한 영향력의 행사였던지. 신을 임명하다니, 감독님은 보통 분이 아니시군요.

그렇소. 나는 보통 놈이 아니오. 특히 신을 임명하는 일에 있어서는. 이것으로 다이요 웨일스 선수 중 신으로 임명한 놈은 네 명째요. 야시키는 문화인류학의 신, 와카나는 〈아사히신문〉에 토요일마다 실리는 경제란의 신 그리고 트레이시는 역할이 정해지지 않은 신이야. 전 부대 정지!

무슨 일이에요?

한 바퀴를 돌았으니. 슬슬 간식을 먹어도 될 것 같아.

감독님, 호랑이도 제 말하면 온다더니, 저쪽에서 야시키와 와카나와 트레이시가 걸어옵니다.

척후병을 내보내! 아주 잠깐의 유예도 있어서는 안 돼.

감독님, 척후병이 돌아왔습니다.

좋아. 야시키와 와카나와 트레이시의 모습은 어떻던가?

맥주를 마시면서 이쪽으로 다가오고 있습니다.

맥주라고? 상품명은 뭐던가?

야시키와 와카나는 크로넨버그를 즐겨 마시는 것 같습니다만, 트레이시는 잘 모르겠습니다. 망원경으로는 삿포로의 흑생맥주처럼 보이는데 확실하지 않습니다.

안주는 뭔가? 비프 저키(미국식 말린 육포-옮긴이)인가?

아니요. 신기하게도 세 명 다 그건 일치해요. 안주로 딸기 빼빼로를 먹고 있는 것 같습니다.

그래. 잘 알겠어.

무엇을 아셨다는 거예요?

뭐, 야시키와 와카나와 트레이시가 가까워지기 시작했다는 것을 알았다는 말이지.

감독님, 야시키와 와카나와 트레이시가 뭔가 말하고 있습니다.

"아무것도 모르면서 당신은 말했어요. 가끔은 혼자 하는 여행도 좋다고."

대장님, 알았습니다! 그들은 등려군의 〈공항〉을 듀엣으로 부르고 있습니다.

"제발 돌아가줘요, 그 사람 곁으로. 나는 혼자 사라지렵니다."

오오, 가까워졌다고 생각했는데 벌써 멀어져가는군. 모두 손이라도 흔들어주어라. 잘 가시오, 야시키. 잘 가시오, 와카나여. 그리고 잘 가시오, 트레이시. 이젠 만날 일도 없겠지.

감독님. 저분들에게는 영향력을 행사하지 않으셨나요?

나와 저들 사이에 대단한 총력전이 있었음을 눈치채지 못했나? 죽느냐 사느냐의 싸움이었어. 그만큼 필사적이었던 건 오랜만이었지.

훌륭하신 솜씨를 미처 알아보지 못해서 죄송합니다.

당연하지. 더 죄송해도 지나치지 않을 정도라고. 그런데 어디까지 얘기했더라?

잊어버렸어요. 차례차례로 여러 가지 일이 생기니까요.

배팅 코치!

저를 부르셨습니까?

대답을 한 사람이 너뿐이었던 걸 보면 아무래도 그런 것 같
군. 네가 배팅 코치인 줄은 미처 몰랐어. 조금 전까지는 중견수
인 기타무라일 거라고만 생각하고 있었으니까. 피칭 코치!

저를 부르셨습니까?

매니저! 선발 점수 기록원! 스카우트 부장! 구단 사장!

큰 소리를 안 내셔도 다 대기하고 있습니다.

모든 역할이 다 네 것이 아닌가! 무슨 음모를 꾸미고 있는
건가?

무슨 당치 않은 말씀을. 모두 다 감독님이 정해주신 역할입
니다.

그럴듯한 설명이군. 허나 나는 속지 않아. 이봐, 귀를 좀 빌
려줘. 카스트라 상귀나리우스와 카스톨무 마레 담당!

감독님, 깜짝 놀랐잖습니까? 아아, 귀가 쟁쟁 울려.

제기랄. 카스트라 상귀나리우스와 카스톨무 마레 담당이라
고도 우길 건가? 그것이 무슨 담당인지 나조차도 모르는데.

임명하신 건 당신입니다. 제게 화풀이를 하시다니 당치도
않군요.

어머, 아마도 영향력이 지나쳤던 것 같군요.

아니오. 이건 단순한 혼란이오. 주의해야만 해. 이대로 방치
해두면 우리 팀에게 막대한 지장을 초래할지도 몰라. 제기랄,

이 욕심쟁이 같으니. 너는 무슨 속셈으로 팀 내의 포지션을 독점하고 있는 건가? 솔직하게 자백해보아라.

첫 번째 이유로는 우리 팀에는 감독님 말고 저밖에 없다는 점입니다.

억지야! 유치한 속임수지. 그리고 조만간 우리 팀 멤버 수는 비약적으로 증가하게 되어 있어. 그때 그들에게 줘야 할 포지션이 없으면 어쩔 텐가? 조금은 머리를 쓸 수 없나? 네 말처럼 그 포지션으로 임명한 게 나라고 해도 눈치껏 몇 개 정도는 사퇴해야 하는 것 아닌가.

감독님. 또 두 명이 옵니다! 어떻게 할까요?

어떻게 하긴. 인사라도 해.

안녕하세요. 안녕하세요. 안녕하세요.

안녕하십니까! 안녕하십니까! 안녕하십니까! 안녕하십니까!

감독님. 이분들은 젊은 형사인 히라타 씨와 범인인 나가사키 씨라고 합니다.

젊은 형사인 히라타 씨와 범인인 나가사키 씨라고! 이것 참 우리 팀에 딱 맞는 인재가 아닌가.

뭐야, 이놈은, 하고 젊은 형사인 히라타가 말했다.

우리 팀의 감독님이십니다.

감독? 무슨 감독님이십니까? 범인인 나가사키도 물었다.

감독이라면 당연히 야구지.

야구라. 왠지 들어본 것 같기도 하고, 전혀 못 들어본 것 같기도 하네. 그게 뭐든 '발 빠른 닭'보다 중요하진 않겠지. 자신만만하게 히라타는 말했다.

'발 빠른 닭'이라고?

그래. 이 나가사키는 범행 현장에 반드시 닭 깃털을 하나 남겨놓고 가. 나는 '발 빠른 닭'의 깃털이 틀림없다고 추측하는데 이놈은 애매한 대답만 하고 있어.

나가사키 씨, 이 형사님의 말씀이 사실인가요?

나는 '발 빠른 닭'의 전문가일 뿐, 사건하고는 아무런 관계도 없어요. 하지만 적어도 그것이 '발 빠른 닭'의 깃털인 건 확신해요. 틀림없습니다. 나는 '발 빠른 닭'에 관해서는 꽤 잘 압니다. 심심할 때마다 도서관에 가서 '발 빠른 닭'에 관한 문헌을 닥치는 대로 읽었으니까요.

흐흥, 그럼 그 '발 빠른 닭'이라는 게 뭔가?

'발 빠른 닭'에 관해 설명하려면 동시에 '배고픈 늑대'에 관해서도 설명해야 합니다. 그 반대의 경우도 성립이 되는데, 서로 상대의 존재에 근거해 자신의 존재를 유지하고 있는 셈입니다. 즉, '발 빠른 닭'은 '배고픈 늑대'에게 먹히지 않으려고 한층 더 '빨리 달리지' 않을 수 없고 '배고픈 늑대'는 '발 빠른 닭'을 쫓다가 허기가 집니다. '배고픈 늑대'는 '발 빠른 닭'을 쫓는 속력을 더욱더 올리고 그 때문에 '발 빠른 닭'도 보다 '빨리 달리'도록 박차를 가합니다. 물론 거기에도 한계는 있어요. '배고픈 늑대'는 너무 허기가 진 나머지 더 이상 '발 빠른 닭'을 쫓아다닐 수 없다고 체념하고 속력을 줄입니다. '발 빠른 닭'도 안심하여 속력을 줄입니다. 그것을 본 '배고픈 늑대'는 이 정도라면 잡을 수 있겠지, 하고 또 속력을 올립니다. 그러면 '발 빠른 닭'도 잡힐 수는 없으니까 또 속력을 올립니다. 너무 허기가 져 죽을 것 같은 '배고픈 늑대'는 사력을 다해 속력을 올립니다. '배고픈 늑대'가 점점 더 속력을 올리니까, '발 빠른 닭'도 지지 않으려고 속력을 점점 올려갑니다. 둘의 속도 경쟁은 다시 한계에 다다릅니다. '배고픈 늑대'는 너무 허기가 져서 눈만 겨우 뜨고 있을 정도입니다. 이젠 안 되겠다. '배고픈 늑대'의 속력이 갑자기 느려지며 거의 걷는 거나 다름없어지죠. 그것을 알아차린 '발 빠른 닭'도 안심하여 '배고픈 늑대' 앞을 총총히 걸어가기 시작합니다. 바로 눈앞에 '발 빠른 닭'이 걸어가고 있다! '배고픈 늑대'는 갑자기 달리기 시작합니다. 그러자 당황한 '발 빠른 닭'도 달리기 시작합니다. '배고픈 늑대'는 마구 속력을 올립니다. 물론 '발 빠른 닭'도 지지 않고 속력을 올립니다.

그런 일은 없네. 완전히 엉터리야. 감독이 비웃으며 말했다.

뭐라고요! 기분 나쁜 듯이 나가사키가 말했다.

당신의 '발 빠른 닭'은 전혀 대단치 않다고 말했을 뿐이오. 내가 알고 있는 '발 빠른 닭'은 그렇게 단순하지가 않소. 어쩌면 당신이 말하는 '발 빠른 닭'은 가짜인지도 모르겠군.

감독, 너는 '발 빠른 닭'에 관해 나가사키와는 다른 정보를 가지고 있다는 거군. 형사인 히라타는 의심스러운 듯이 말했다.

그렇소. 나는 야구와 마찬가지로 '발 빠른 닭'에 관해서도 조예가 깊소.

어머, 감독님. 저는 처음 듣는 말이네요.

좋아. 그럼 당신이 말하는 '발 빠른 닭'에 관해 들어봅시다.

내가 알고 있는 '발 빠른 닭'도 확실히 '빨리 달리'지만, 단순한 '빨리 달림'이 아니오. 마치 내가 알고 있는 '배고픈 늑대'가 확실히 '허기'졌는데 단순한 '허기짐'이 아닌 것처럼 말이오.

귀를 기울이면 안 됩니다! 여러분! 지금 이 추잡한 할아범이 뭔가 일을 꾸미고 있는 게 틀림없습니다, 하고 나가사키가 분개했다. 다른 사람이 주목받는 걸 참을 수 없는 성격이었다.

나는 아무 일도 꾸미고 있지 않소. 감독은 나가사키의 증오와 질투가 섞인 시선을 태연히 받아넘기며 아주 정중한 말투로 말을 계속했다.

당신이 '발 빠른 닭'에 관해 아무것도 모른다는 얘기라오.

내가 '발 빠른 닭'의 어떤 점을 모른다는 말씀입니까?

예를 들면 '발 빠른 닭'은 '빨리 달리'면서 온갖 것으로 변장을 하고 온갖 질문을 한다는 것이지. 알고 있었나?

그런 기묘한 이야기는 들어본 적이 없어!

흐흥. 그럼 '배고픈 늑대'가 온갖 것으로 변장하고 '발 빠른 닭'이 하는 온갖 질문에 절대로 정답을 맞힐 수 없다는 것도 모른다는 말이오?

그런 터무니없는 소리는 들은 적도 없어!

전혀 기묘하지도 터무니없지도 않아. 내가 알고 있는 '발 빠른 닭'과 '배고픈 늑대'는 단지 당신이 알고 있는 '발 빠른 닭'과 '배고픈 늑대'보다 인생을 진지하게 살고 있다는 것뿐이지.

감독, 쓸데없는 소린 그만두시지. 그보다도 당신의 '발 빠른 닭'은 어째서 온갖 것으로 변장을 해야 하나? 히라타는 머리를 가로저으면서 말했다.

그것은 물론 '배고픈 늑대'를 쫓기 위해서지.

뭐라고? 자신의 귀를 의심한 젊은 형사 히라타는 앵무새처럼 되풀이했다.

내가 잘못 들은 게 아니라면, 지금 당신은 '발 빠른 닭'이 '배고픈 늑대'를 쫓는다고 한 것 같은데, 그 반대가 아니었던가?

아니. 잘못 들은 게 아니오. 확실히 내가 알고 있는 '발 빠른 닭'은 '배고픈 늑대'를 쫓소이다.

말도 안 돼! 어째서 '발 빠른 닭'이 '배고픈 늑대'를 쫓아야 하는 겁니까? 나가사키는 불신으로 가득 찬 말투로 일부러 들으라는 듯 중얼거렸다.

어째서 이런 간단한 일을 이해하지 못하는 건가? '발 빠른 닭'이 절대로 '배고픈 늑대'한테 잡히지 않으려면 도망가는 체하면서 쫓는 것이 제일이지.

당신의 얘기를 이해하지 못하는 건 아니지만 '배고픈 늑대'는 그렇게 바보인가? 어떻게 판단해야 하는지 가늠이 되지 않는 듯 히라타는 반신반의하며 물었다.

바로 그거요! 희색이 만면하여 감독은 외쳤다.

'배고픈 늑대'는 너무 영리하여 '발 빠른 닭'이 어떤 질문을 해도 절대로 정답을 댈 수 없는 거야. 그러니 꽤나 초조해지지. 그렇게 되면 약이 오른 '배고픈 늑대'는 자기가 '발 빠른 닭'을 쫓고 있다고 생각하지만, 실은 '발 빠른 닭'에게 쫓기고 있다는 것을 쉽게 잊어버려. 예를 들면, '배고픈 늑대'가 '도쿄도의 국장인 부인을 둔 사회사상사 전공의 누이타 세이지 교수'로 변장했을 때도 그렇소. 꿈꾸는 듯한 어조로 감독은 말했다. 나가사키가 초조해하는 것이 재미있었기 때문이다.

'도쿄도의 국장인 부인을 둔 사회사상사 전공의 누이타 세이지 교수'라고요! 왜 '배고픈 늑대'가 그런 사람으로 변장해야 하는 거요? 나가사키는 치밀어 오르는 분을 겨우 억누르면서 외쳤다.

그거야 당연히 '발 빠른 닭'이 '누이타 세이지 교수의 부인'으로 변장해서 대학 안으로 도망쳤기 때문이지. 그렇게 흥분하지 말고 내 말을 끝까지 들어보는 게 어떤가. 어쨌든 '배고픈 늑대'는 '도쿄도의 국장인 부인을 둔 사회사상사 전공의 누이타 세이지 교수'로 변장해 대학 안으로 도망친 '발 빠른 닭'을 열심히 찾기 시작했지. 그러나 영리한 '발 빠른 닭'은 가만히 '배고픈 늑대'에게 다가가 갑자기 이렇게 질문했던 거야.

"선생님! '정치는 신과 욕망의 결합입니다' 하고 말한 것은 다음 세 사람 중 누구일까요?

(1) 《정치적 낭만주의》를 쓴 근대 독일의 석학 카를 슈미트.

(2) 《현대 정치의 사상과 행동》을 쓴 현대 정치학의 아버지 마루야마 마사오.

(3) 〈찬치키오케사〉를 부른 미나미 하루오(일본의 엔카 가수-옮긴이)." 당신이라면 어찌 대답하겠소?

글쎄. (1)의 카를 슈미트가 아닐까. 확실히 단정할 수는 없지만. 도움을 청하듯 주위를 둘러보며 젊은 형사 히라타는 말했다.

틀렸소. 안되었다는 듯이 감독은 말했다.

당연히 (2)의 마루야마 마사오야! 그런 건 상식이오. 나가사
키는 의기양양해하며 외쳤다.

유감스럽지만 그것도 틀렸소. 당신들도 '배고픈 늑대'와 같
다는 거요. 그놈도 먼저 (1)이라고 대답했다가 '발 빠른 닭'의
반응을 살피고는 (2)라고 고쳐 말했는데 둘 다 틀렸던 거지. 안
된 일이야. 정답은 (3)이오.《모든 걸 내 스승으로 삼아》라는
그의 자서전에 그렇게 쓰여 있으니까. 어째서 '배고픈 늑대'가
틀렸는지 알고 싶지 않나? 그것은 '배고픈 늑대'가 (1)의《정치
적 낭만주의》와 (2)의《현대 정치의 사상과 행동》을 이미 읽었
기 때문이지. '발 빠른 닭'은 인텔리의 아픈 곳을 찔렀던 거야.
두 책 다 비슷한 내용이 쓰여 있었기 때문에 '배고픈 늑대'가
착각을 한 것도 무리가 아니지. 훗훗훗.

어머, '발 빠른 닭'은 정말 멋지다. 감독님, 저 감동했어요.

감독. 그것만으로 나를 설득시킬 수 없어. 어쨌든 당신은 '배
고픈 늑대'는 '발 빠른 닭'의 어떤 질문에도 절대로 정답을 못
맞혔다고 단언했으니까.

젊은 형사님. 걱정 안 해도 내가 하는 말은 틀림없소. 그런데
어디까지 얘기했더라. 나이를 먹으면 건망증이 심해져서 못쓰
겠어.

'도쿄도의 국장인 부인을 둔 사회사상사 전공의 누이타 세이지 교수'로 변장한 '배고픈 늑대'가 '누이타 세이지 교수의 부인'으로 변장한 '발 빠른 닭'의 질문에 대답을 못 했다는 것까지 들었어.

그랬었지! 멋지게 당한 '배고픈 늑대'가 멍청히 있는 틈을 타서 '발 빠른 닭'은 서둘러 도망가버렸소. 물론, '배고픈 늑대'도 서둘러 뒤를 쫓았지. '근대 경제학자인 부인을 둔 근대 경제학 전공의 미야자키 요시카즈 교수'로 변장해서.

'근대 경제학자인 부인을 둔 근대 경제학 전공의 미야자키 요시카즈 교수'라고! 나가사키는 비통에 빠진 소리를 질렀다.

맞소. '발 빠른 닭'이 '미야자키 요시카즈 교수의 부인'으로 변장하여 도망간 이상 할 수 없었던 일이었지. '배고픈 늑대'는 눈이 뒤집혀서 여기저기를 찾아 헤맸지. 하지만 이미 그때는 '미야자키 요시카즈 교수의 부인'으로 변장한 '발 빠른 닭'이 '근대 경제학자인 부인을 둔 근대 경제학 전공의 미야자키 요시카즈 교수'로 변장한 '배고픈 늑대'의 바로 뒤에 다가가 있었던 거야. 물론 갑자기 질문하여 '배고픈 늑대'를 혼란에 빠뜨릴 속셈이었지.

왠지 '배고픈 늑대'가 불쌍해지는군. 젊은 형사 히라타는 꽤나 숙연해진 어조로 혼잣말처럼 말했다.

그리하여 '발 빠른 닭'은 이렇게 질문했어.

"선생님! 급진파 경제학자는, 케인스학파가 '예상' 행동을 국민소득 이론에 유기적으로 도입하지 않는다고 비판하고 있습니다. 그렇다면, 케인스학파가 '예상' 행동을 이론화할 수 없었던 이유는 (1)부터 (4)까지 중 어느 것일까요?

(1) '고조 스시' 오기쿠보점의 아키나 양이 흰색 바탕에 파란 물방울무늬 팬티를 입었기 때문에.

(2) '서티원(일본의 아이스크림 가게-옮긴이)' 니시오기쿠보 역점의 요시에 양이 노랑 바탕에 회색 줄무늬 팬티를 입었기 때문에.

(3) '돔돔 버거' 요쓰야 역점의 이요 양이 검은 레이스 팬티를 입었기 때문에.

(4) 패션 마사지 'UCLA 리틀 베어(도쿄 이케부쿠로에 있는 점포형 유흥업소-옮긴이)'의 모모코 양이 엘비스 프레슬리의 영향을 받아 팬티를 입지 않았기 때문에." 당신들이라면 어떻게 하겠나? 감독은 히라타와 나가사키를 차례로 바라보면서 심술궂게 말했다.

히라타와 나가사키는 서로 미루고 있었지만, 무슨 일이 있어도 대답해야만 하는 분위기였기 때문에 할 수 없이 입을 열었다.

(1)일까? 아니 (2)일지도 몰라, 하고 히라타.

(3)이 아닐까요. 뭐, (4)라고 해도 놀랍지 않습니다만, 하고 나가사키.

유감스러운 일이지만, 또 틀린 것 같군. 감독은 솟아오르는 기쁨을 감추지 못하며 신음하듯 말했다. 별로 창피해할 필요는 없소. 어쨌든 인텔리인 '배고픈 늑대'도 같은 잘못을 저질렀으니까.

'배고픈 늑대'는 (2)를 골랐지. '배고픈 늑대'는 사지선다형 문제에서 정답일 확률이 높은 것은 앞에서 두 번째라고 경험적으로 알고 있었던 거지. 하지만 '발 빠른 닭'은 무정하게도 이렇게 말했어. "선생님. 정답은 이 안에는 없어요. 케인스의 일반 이론은 우노 고조(일본 마르크스경제학을 대표하는 학자-옮긴이)가 정식화한 원리론에 해당하기 때문에, 정책론의 범주에 들어가는 '예상' 행동까지는 일반화시키지 못했다고 《근대 경제학의 사적 전개》 속에서 당신이 스스로 말하고 있으니까요." '근대 경제학자인 부인을 둔 근대 경제학 전공의 미야자키 요시카즈 교수'로 변장하고 있던 '배고픈 늑대'는 충격을 받은 나머지 망연자실해 서 있었지. 왜냐하면 '배고픈 늑대'는 그 책도 다 읽었으니까. '배고픈 늑대'는 자신이 정말 운이 없다는 생각에 너무 분해서, '발 빠른 닭'이 부리나케 도망쳐버린 것조차 알지 못했어. '배고픈 늑대'는 큰 소리로 이렇게 외치고 싶었는지도 몰라—나는 《근대 경제학의 사적 전개》를 제대로 읽고 있어! 단순히 외모만 '근대 경제학자인 부인을 둔 근대 경제학 전공의 미야자키 요시카즈 교수'로 변장한 게 아냐!—라고 말이야. '발 빠른 닭'은 사물에 집착하기 쉬운 '배고픈 늑대'의 성격을 샅샅이 간파하고 있었던 거야. 말을 마친 감독은 깊은 동정심을 담아 한숨을 쉬었다.

어머, 감독님. 저 이번에는 '배고픈 늑대'에게 감동했어요.

나는 '배고픈 늑대'를 도와 '발 빠른 닭'이 도망간 곳을 찾아야겠다는 생각이 들어. 젊은 형사 히라타는 '발 빠른 닭'에게 아무 이유 없이 적개심을 불태우며 말했다.

그렇지만 '배고픈 늑대'는 그 정도로 '발 빠른 닭'을 쫓는 것을 단념하지는 않았겠지?

물론이지. 그 점이 그냥 인텔리와 인생을 진지하게 살아가는 '배고픈 늑대'의 다른 점이지. 마음을 다잡은 '배고픈 늑대'는 곧바로 '발 빠른 닭'의 뒤를 쫓았지. 새삼스럽게 말할 필요도 없지만 '패션 잡지 〈비비〉, 〈논노〉, 〈주논〉, 〈산산〉의 표지에 나온 이시하라 마리코와 전혀 닮지 않은 부인을 둔 마르크스경제학 전공의 고시무라 신자부로 교수(마르크스경제학에서 경제 순환을 수학적으로 분석한 일본의 학자-옮긴이)'로 변장하고 말이야.

감독은 기쁨을 감추지 못하며 나가사키의 얼굴을 가만히 쳐다 보았다.

'패션 잡지 〈비비〉, 〈논노〉, 〈주논〉, 〈산산〉의 표지에 나온 이시하라 마리코와 전혀 닮지 않은 부인을 둔 마르크스경제학 전공의 고시무라 신자부로 교수'라고요! 나가사키는 그 말만을 신음처럼 내뱉고는, 가슴이 째지는 듯한 슬픔으로 양손으로 얼굴을 감싼 채 자리에 주저앉아버렸다.

아무래도 나쁜 예감이 들어. 진절머리가 난 듯이 히라타 형사는 말했다. 그러나 당신이 말했던 것처럼 '배고픈 늑대'가 '발 빠른 닭'이 던지는 온갖 질문에 절대로 정답을 못 맞추는지 확인할 의무가 내게는 있으니까. 감독, 당연한 일이겠지만 '발 빠른 닭'은 '고시무라 신자부로 교수의 부인'으로 변장하고 있었던 거지?

젊은 형사님의 추리대로지.

그리고 '배고픈 늑대'가 찾기 시작했을 때는 이미 그 뒤에 '발 빠른 닭'이 딱 붙어 서 있었던 거지? 아닌가?

아니, 말씀하시는 그대로요. 제법 요령을 알게 된 것 같구려.

응. 난 이해는 빠른 편이거든. 그런데 감독, 시시한 질문일지 모르지만 하나 물어보고 싶은 게 있는데.

어서 물어보시오. 나 같은 늙은이가 알고 있는 일이라면 뭐든 대답해드리리다.

'배고픈 늑대' 쪽에서 먼저 '발 빠른 닭'에게 질문해보면 어떨까? 언제나 대답만 하는 건 시시하잖아.

'배고픈 늑대'가 질문하는 사이에 '발 빠른 닭'이 쏜살같이 도망가버리잖소.

질문에는 대답하지 않고 재빨리 '발 빠른 닭'을 먹어치우는 건 어때? 늑대에게 딱 어울리는 방법인데 말이야.

그런 일을 저질렀다가는 대답하지 못하는 걸 얼버무리기 위해 '발 빠른 닭'을 먹어치웠다고 세상 사람들이 쑥덕거릴 게 뻔하지. 자존심이 강한 '배고픈 늑대'에게는 도저히 견딜 수 없는 굴욕이오.

그러면 무슨 일이 있어도 '배고픈 늑대'는 '발 빠른 닭'의 질문에 대답해야 하는 운명인가?

그렇다고 할 수 있지.

젊은 형사 히라타는 마치 자신이 불운한 운명을 타고난 '배고픈 늑대'인 양 어깨를 축 늘어뜨렸다.

알았어. 그것이 '배고픈 늑대'의 피할 수 없는 운명이라면 씩씩하게 대항할 방법밖에 없겠지. 혹시 대답을 알 수 있는 가능성도 없지는 않겠지. 이렇게 되면 나도 각오를 단단히 하겠어. 자, '발 빠른 닭'이 어떤 질문을 했는지 들어봅시다.

나이에 어울리지 않게 배짱이 두둑한 형사구먼. 잘 듣게. '패션 잡지 〈비비〉, 〈논노〉, 〈주논〉, 〈산산〉의 표지에 나온 이시하라 마리코와 전혀 닮지 않은 부인을 둔 마르크스경제학 전공의 고시무라 신자부로 교수'로 변장한 '배고픈 늑대'의 바로 뒤에 그림자처럼 붙어 있던 '고시무라 신자부로 교수의 부인'으로 변장한 '발 빠른 닭'은 엄숙한 말투로 이렇게 말했지.

　"선생님! 카를 마르크스의 《자본론》에 등장하는 노동자는 (1)부터 (4)까지 중 누구에 해당할까요?

　(1) 흰색 바탕에 파란 물방울무늬 팬티를 입고 있는 노동자.

　(2) 노랑 바탕에 회색 줄무늬 팬티를 입고 있는 노동자.

　(3) 검은 레이스 팬티를 입고 있는 노동자.

　(4) 엘비스 프레슬리의 영향을 받아 팬티를 안 입기로 한 노동자."

　감독! 골똘히 생각하는 모습으로 젊은 형사 히라타가 물었다.

　뭔가?

　그 질문에 속임수는 없겠지?

　당치도 않은 소리. 이것은 '발 빠른 닭'과 '배고픈 늑대'의 진지한 한판 승부이니 속임수 따윈 없는 게 당연하지.

　그래. 그럼, 이번 질문이 '배고픈 늑대'가 자신 없는 분야에서 나온 것도 아니겠지?

젊은이가 꽤나 의심이 많구먼. '발 빠른 닭'은 닭치고는 좀처럼 보기 드문 공정한 성격의 소유자였어. 어쨌든 '배고픈 늑대'의 가장 자신 있는 분야인《자본론》에 관한 문제를 낼 정도였으니까.

가장 자신 있는 분야라고! 이번에야말로 희망이 보이지 않나!

그렇소.

좋아. 알겠어. '배고픈 늑대'는 뭐라고 대답했나?

'배고픈 늑대'는 자신만만하게 이렇게 대답했소. "그 안에 정답은 없어!《자본론》안에 그런 노동자는 등장하지 않기 때문이지" 하고.

물론 정답이었겠지?

젊은 형사 히라타는 큰 기대를 걸고 잡아먹을 듯이 감독을 쳐다보았다.

이런 일이 있을 수 있나? 운이 없는 '배고픈 늑대'를 향해 '발 빠른 닭'은 잔인무도하게 통고했지. '오. 답!'

저런, 말도 안 돼! 흥분한 젊은 형사 히라타는 가죽 케이스에 꽂아둔 장난감 권총을 꺼내더니 밉살스러운 감독의 가슴에 겨누었다.

뭔가 이상해! 솔직하게 대답해. 너는 '발 빠른 닭'을 편애하고 있는 거지?

나를 협박해도 소용없는 일이오. 아주 침착하게 감독은 말했다.

폭력으로 진실을 왜곡할 수는 없는 거요. 젊은이, 마르크스는 모든 노동자를 염두에 두고 《자본론》을 썼으니 (1)에서 (4)까지 전부 정답이 아닌가? 그 정도는 어린아이라도 알 수 있을 것 같은데. 영리한 사람은 자칫 잘못하면 이런 함정에 빠지기 쉬운 거지.

젊은 형사 히라타는 말 걸기가 미안할 정도로 의기소침해져서 힘없이 고개를 숙였다.

확실히 당신이 말하는 대로 '배고픈 늑대'란 놈은 '발 빠른 닭'이 하는 질문에 절대로 정답을 맞힐 수 없을 것 같군. 너무 영리한 것도 생각해볼 일이야.

이제야 이해하셨나?

이해하고말고. 나도 진실에 눈뜨는 용기쯤은 가지고 있어. 그렇지, 나가사키?

뭐, 그렇죠.

감독님은 어쩌면 그렇게 말을 잘하실까? 이번에야말로 알겠어요. 감독님은 '발 빠른 닭'이나 '배고픈 늑대'의 비유를 들어 이분들께 영향력을 행사한 거로군요. 그리고 영향력을 행사하여 뭔가를 실현하려고 하신 거고요.

난 아무 흑심도 없소. 그 부분을 오해해서는 안 되네. 내 말은 너무나도 기지가 넘치오. 유감스럽지만 그 사실에서 눈을 돌릴 마음은 없소. 너무나도 기지가 넘치기에 여기저기에 깊은 영향을 미치는 것도 결코 부정하지는 않겠소.

감독. 젊은 형사 히라타는 근엄한 어조로 물었다.

지금 이 여자의 말로는 네가 뭔가를 실현하려는 것 같은데.

그렇소.

그게 틀림없나?

그렇다니까.

우리들에게 영향력을 행사해 뭔가를 실현하려는 거지?

뭐, 그렇지.

그렇다면 우리는 그 뭔가가 뭔지 물을 권리가 있겠군.

그렇군.

젊은 형사 양반, 이렇게 간단한 것도 모르시겠어요? 감독님은 당신들께 영향력을 행사해 '일본 야구'를 실현하려는 거예요.

뭐라고! 너는 허락도 안 받고 우리들을 이용해 '일본 야구'를 실현하려는 거냐!

대충 그런 말이지.

그런 불합리한 이야기는 들어본 적도 없소!

이건 전혀 불합리하지 않소. 오히려 지극히 유서 깊은 신화적인 이야기라오. '네케레케세맛타'라면 당연히 아시겠지만.

'네케레케세맛타'라고?

어허, '일본 야구'를 창조한 '네케레케세맛타' 신을 알지 못하다니.

형사님, 나쁜 예감이 듭니다! 이제 더 이상 이 늙은이 얘기를 듣지 마세요!

이봐, 나가사키. 너의 우려는 알지만 이대로 물러서면, 우리들의 체면이 깎이는 게 아니겠나?

대견한 생각이군.

감독, 사정이 이렇게 됐어. 그 신화적인지 뭔지 하는 얘기를 들어봅시다.

좋소. 그럼 얘기해드리리다. 자, 옛날 옛적 어떤 곳에 '데쿠로노미코토'라는 신이 있었소.

잠깐 기다려줘.

왜 그러는가. 얘기는 이제 막 시작됐는데.

아니, 내가 잘못 들은 게 아니라면 아까는 '네케레케세맛타'라는 놈이 등장하는 게 아니었나?

너무 서두르지 말게. 모든 사물에는 순서가 있는 법이야. 신기하게도 이 신화는 어떤 사전에도 패턴이 등록되지 않아서 도중에 끊으면 이해할 수 없어. '네케레케세맛타'는 나중에 등장하니 걱정할 건 없네.

알겠어. 그렇다면 계속해.

자, 옛날 옛적 어떤 곳에 '네리라리란'이라는 신이 있었어. 뭔가? 왜 또 우물쭈물하고 있는 거지?

아무래도 이번에는 잘못 들은 것 같아. '네쿠로노미코토'가 '네리라리란'으로 들려.

잘못 들은 게 아니오. 젊은 형사분이 내 얘기에 참견을 한 얼마간의 시간 동안 '네쿠로노미코토'는 '네리라리란'으로 모습을 바꿔버린 것이오. 이 최초의 신은 시시각각 변화하던 신으로 유명했지. 내가 조사한 바로는 이 최초의 신은 1초 동안 2억 번이나 변화했다고 해.

역시! 내가 말한 대로야. 형사님, 이 노인은 우리를 속이려 하고 있습니다!

속임수가 아니오. 나가사키 씨던가? 당신은 전혀 교양이라고는 없는 것 같구먼. 이런 경우, 대개의 신은 갈라지며 늘어나는 법이지. 그렇게 안 하면 세계를 통치해나갈 수가 없으니까. 최초의 신인 '네쿠로노미코토'는 '공기 중의 이산화탄소를 일정하게 유지하는' 신이었어. 당시엔 아직 이산화탄소는 발명되지 않았지. 그래서 '네쿠로노미코토'는 2억 분의 1초 후에 '맥도널드 빅맥의 맛을 일정하게 유지하는' 신인 '네리라리란'으로 변해버렸지. 하지만 유감스럽게도 당시엔 맥도널드 점포는 어디에도 존재하지 않았지. 맥도널드 점포가 있었다고 해도 빅맥의 맛을 일정하게 유지한다는 것은 신조차도 불가능한 일이었어. 빅맥에는 본연의 맛 따위는 없으니까. 어쨌든 '네리라리란'은 곧바로 '네그마카르타'로 변화했어. 이번에는 '스네어 드럼'의 신이었어. 이 신의 역할은 일정하지 않았지. 세 박자, 네 박자, 다섯 박자, 마음 내키는 대로 리듬을 내는 게 일이었어. 불과 2억 분의 1초 동안의 일이었지. 스네어 드럼만 치면 전혀 재미가 없었기 때문이야. 그래서 '네그마카르타'는 '넨넨네로네로'로 변했어. 이놈은 환전의 신이었어. 겨우 포괄적인 신이 나타난 거야. 그러나 신은 있어도 환전이라는 것이 아직 없었어. 너무 감각이 앞선 사람의 비극이었던 거지. 그래서 '넨넨네로네로'는 '네로네로넨넨'으로 변화했지. 왜 그런가?

어딘가 생략할 수 없나? 이래봬도 내가 꽤나 바쁜 몸인데.

좋아, 알겠어. 1억 9999만 9994개의 신을 한꺼번에 건너뛰어 '네멘호텝'까지 갈까? 이놈은 '가정교사의 신'이었어.

'가정교사의 신'이라고? 도대체 뭘 하는 놈이야?

물론, 학생을 가르치는 거지.

어차피 가르칠 학생이 없었겠지!

안됐지만, 그즈음에 학생은 이미 존재하고 있었어. 가정교사라면 집념이 강하고 아이를 싫어하기 마련인데, 그 점에서 '네멘호텝'만큼 가정교사에 딱 맞는 신은 없었지. 부모의 부탁을 받으면 '네멘호텝'은 곧 그 집으로 향했어. 멀리서 '네멘호텝'이 다가오는 것을 본 아이들은 광란에 빠져 비명을 지르고 도망 다니고, 잔혹한 가정교사로부터 몸을 지키기 위해 화장실에 숨었어. 물론, '네멘호텝'은 조금도 당황하지 않고 화장실에 들어가 말 안 듣는 아이의 목덜미를 잡다가 변기통 속에 처넣었어. 그리고 똥오줌에 섞여 떠올랐다 가라앉았다 하는 아이에게 이렇게 말했어.

"내 수업이 다 끝날 때까지 살아 있다면, 거기에서 끌어올려주지. 그러니 걱정할 건 없어. 먼저, 너의 주위를 에워싸고 있는 것에 대해 가르쳐주겠다. 가까운 곳에 있는 것을 이해하는 일은 언제나 즐거운 거야. 너는 단지 기분 나쁜 것으로 알고 있을지도 모르겠지만. 그러나 어떤 시인은 '그건 미시적으로 보면 분자 수준으로 해체하여 다른 유기물과 별 차이 없는 하나의 물질로서 과학이 준비하는 목록 안에서 크게 부족함이 없는 위치를 차지할 것이다. 거시적으로 보면 생물의 신진대사이자 식물 연쇄의 한 과정으로서, 이미 성립된 질서의 내부에 어떤 겸허한 기능을 갖추고 있다. 그곳에는 구더기 몇 마리가 생존을 시작하고, 어떠한 선입관도 없이 판단한다는 가정 아래 그 냄새는 우리들이 입에 대는 어떠한 종류의 기호품의 냄새와 별반 다르지 않다'라고 말한다. 중요한 것은 그 성질에 관해 깊이 생각해보는 거야. 알겠지? 그리고 또 다른 작가는 이렇게 말했어. '돌아보아, 수중에 가로누운 대변 두 개를 자세히 관찰한다. 오늘 아침의 색상 강도는 H의 4, 길이 12센티미터, 직경 2.5센티미터. 준비해놓은 종이에 기입한다. 언제 보아도 아주 조용한 인상으로 새로운 감명을 주는 이 모습은 흘려보내기에 아깝다.' 그 미묘한 관찰은 과학적인 탐구심이 예술에 다다른 좋은 예일 것이다. 어쨌든 그렇게 너희 선배들은 아무것도 없는 황야에 길을 열어왔으니, 너에게는 그 뒤를 따라야 하는 의무가 있는 거다. 그래, 지금 막 생각이 났는데, 또 다른 작가가 쓴 것 중에 '사식(賜植) 명령(이트 빈딩)은 똥이다. 이때는 음식물(푸드)을 내리게 한다. 앉은 모습으로 위를 보고 누워 엉덩이의 식물 구멍이 열어놓은 입 바로 위에 오게 한다. 알았지?'라는 부분이 있었어. 즉, 넌 지금 식물 속에서 괴로워하고 있는 셈이야. 그런 바보 같은 일이 있을까? 이봐, 잘 듣지 않고 뭘 하니? 너는 틀렸어. 사실은 괴롭지 않은 거야. 기운을 내."

그렇게 아이들은 '네멘호텝'의 수업이 끝나기 전에 모두 익사해버렸어. '네멘호텝'은 부모들에게 "슬퍼하지 않아도 돼"라고 말했어. "무지한 채로 죽어가는 대다수의 인간들과는 달리 그들에게는 중요하고 본질적인 지식이 몇 개나 주어졌으니 말이야."

신이 아니라면 유아 학대로 체포했을 거야!

신을 인간의 척도로 재다니 말도 안 되는 소리야. 자, 아이들이 모두 물에 빠져 죽어버렸기 때문에 '네멘호텝'은 '가정교사의 신'을 폐업하고 다른 신이 되기로 마음먹었지. 영리한 녀석이었어. 그놈은 우선 시험 삼아 다른 신을 낳는 일을 해보았지. 혁명적인 발상의 전환이 이루어진 거야. '네멘호텝'은 강에 들어가서 에메론 크림 비누를 사용해 고환을 씻었어. 거기에서 태어난 것이 '네넨넴리'인데, 이놈은 '볼리비아의 화폐가치를 일정하게 하는 신'이었어. 그 후 볼리비아의 통화는 세계에서 가장 불안정해졌지. 다음으로 '네멘호텝'은 손끝으로 항문을 씻었지. 그러자 '넨넨네무노키'와 '넨넨코로리요'라는 2인조 신이 태어났지. 그들은 다시 여러 2인조 신을 낳았어. '더 피넛', '린린 란란(일본의 여성 듀엣-옮긴이)', '히데와 로잔나(일본의 혼성 듀엣-옮긴이)', '올 한신 교진(일본의 2인조 만담가-옮긴이)', '후지코 후지오(《도라에몽》,《괴물군》 등을 집필한 일본의 만화가로, 둘이서 하나의 필명을 썼다-옮긴이)' 등이 그렇소. 그러고 나서 '네멘호텝'

은 오시마의 동백기름으로 머리를 감았어. 처음에는 가볍게 먼지나 땀을 씻어내고, 그다음은 제대로. 린스는 안 했지. 오시마 동백기름에는 린스 효과도 있었기 때문이야. 그동안에 '넬슨 리들'과 '네즈진파치'와 '네고로닌자'라는 신들이 태어났어. 그들은 '어떤 곡도 다장조로 켤 수 있는 트렌스포저의 신', '화장실의 타월을 관리하는 신' 그리고 '건강을 돌보지 않는 의사들의 신'이었어. 그리고 감은 머리를 드라이어로 말리고 있을 동안에 '네피스트헤레스'와 '네무리노모리노비조('잠자는 숲속의 미녀'라는 뜻-옮긴이)'가 태어났지. '네피스트헤레스'는 마르코 임대 맨션의 신, '네무리노모리노비조'는 주아이요 구추루마키(일본의 보석상 이름-옮긴이)의 광고를 담당하는 신이 되었지. 머리가 다 마르자 '네멘호텝'은 자신이 만들어낸 신들을 세어봤어. "하나, 둘, 셋, 넷, 다섯, 여섯, 일곱, 여덟(이자나기와 이자나미 두 오누이 신이 결혼해 여덟 아이, 즉 일본의 여덟 개 섬을 낳았다는 일본 고사에서 착안-옮긴이). 그저 그렇군. 뭐가 그저 그런지 나도 잘 모르겠지만. 어쨌든 조금 쉬도록 하지. 아무리 신이라도 과로는 안 좋으니까." '네멘호텝'은 건조한 짚 더미 위에 소금을 뿌린 후 손을 마주치고 십자를 긋고는 턱 하고 옆으로 누웠다. "자, 그럼 자볼까." 그러나 '네멘호텝'은 잘 수 없었어. 중요한 일을 잊어버리고 있었거든. 애인을 창조해 그 일에 힘쓰는 것 말이야.

그럴 거라고 생각했어요.

그렇지. '네멘호텝'도 보통 신에 지나지 않았어. '네멘호텝'은 일어나자마자 애인을 창조했지. '네네네노네'라는 여신으로, 얼굴은 다이앤 레인, 목소리는 다이앤 키튼 그리고 지능은 다이애나 왕비 같았어. 취향이 고상하다고는 할 수 없지만, 그걸 하기만 하면 되니까. 뭐, 그 정도라도 볼일은 볼 수 있었던 거지. 그러고는.

'시도 때도 없이 사랑하기'였죠?

'시도 때도 없이 사랑하기'였지. '네멘호텝'과 '네네네노네'의 사랑하기로 말할 것 같으면 너무나 철저했어. 2억 년이나 내리 했으니 말이야. 그 결과 여러 신이 태어났지. 장남은 '넴보'라고 하는데 형태가 일정치 않았어. 아나키스트였거든. 슬라임(점액)이라고 할까, 물엿이라고 할까. 아무튼 흐물흐물했어. 비가 샐 때 조금 붙여놓거나 하면 급한 대로 때울 수 있었지만, 그 이외에는 별로 쓸모가 없었지. 처음부터 실패작이네, 하고 '네네네노네'는 말했어. 할 수 없지, 하고 '네멘호텝'은 말했어. 오픈 기념식 같은 것이었으니까. 다음에 태어난 것이 '네달카날'이었어. 이놈은 바보였지. 바보 이상이야. 지능 수준이 형편없었어. 신장 3000미터, 체중은 30억 톤이나 되었는데 뇌는 모리나가(일본의 제과 회사-옮긴이) 초코볼만 했어. 밥을 먹거나, 낮잠을 자거나, 오랫동안 뒤를 보거나, 그게 아니면 형인 '넴보'를 장난감처럼 갖고 놀았어. '네네네노네'가 아무리 주의를 주어도 헛수고였어. "넴보! 형을 갖고 놀면 못써!" 그러나 '넴보'는 꽤나 괜찮은 놈이었어. 동생이 잡아당기거나 채로 썰거나 심할 때는 푸딩 틀에 넣어 냉동을 시켜도 불평 한마디 하지 않았어. 아무리 둔한 '네멘호텝'과 '네네네노네'도 걱정하기 시작했지. "여보, 당신 조상 중에 이상한 피가 섞여 있는 건 아니겠지요?" "바보 같은 소리. 너야말로 수상하군." 세 번째로 태어난 것이 '네스카페(스위스 네슬레사의 커피명-옮긴이)'였어. 이 놈은 불확실한 놈이었어. 새로운 타입의 신이었던 거야. '네멘호텝'도 '네네네노네'도 완전히 당황해버렸어. "아무래도 내가 낳은 것 같지 않아요." "그래? 실은 나도 아비가 된 느낌이 안 들어. 이놈을 보고 있으면 왠지 짜증이 나. 네스카페, 넌 확실히 아까 태어난 거지?" "어떤 의미에선"이라고 '네스카페'는 대답했다. "어떤 의미에선?" "그렇습니다. 전 어떤 의미에선 태어났다고 말할 수 있겠지만, 어떤 의미론 태어나지 않았다고 할 수 있어요." '네스카페'가 태어난 후 만물의 근원인 이 부부의 노이로제는 한층 더 심해졌다. "이 꼴을 봐. 난 식사 시간이 될 때마다 정신이 이상해질 것 같아." '네멘호텝'이 한탄하는 것도 당연했다. 장남은 테이블 위를 젤 상태로 유동하며 움직이고 있고, 차남은 너무 커서 방에 들어올 수 없었다. 그 대신이라고 해야 되는지, 셋째 아들이 모든 의자에 앉아 밥을 먹고 있었다. "네스카페, 너는 의자 수만큼 출현하는 것 같군." "네. 그런 셈이죠." "의자가 열 개 있으면 열 명, 열세 개 있으면 열세 명. 네겐 신념이라는 것이 없느냐?" "아뇨. 없는 것은 아닙니다. 어떤 의미에선." "또 어떤 의미에선이냐! 너는 뭘 물어봐도 '어떤 의미에선' 타령이구나?" 아참, 지금 몇 시나 됐지?

어머, 감독님, 아닌 밤중에 홍두깨처럼 무슨 일이세요? 완전히 이야기에 빠져 있었는데.

지금쯤 세시가 좀 지났을 것 같아서.

세시가 좀 지난 게 어떻다는 거야? 얘기 도중이 아니었나?

젊은 형사 양반, 실은 이제부터 낮잠 시간이오. 잠시 휴식을 취하게 해주게나.

'네케레케세맛타'는 어떻게 됐어? 우리는 그놈의 얘기를 듣기 위해 가만히 참고 있었다고.

'네케레케세맛타'는 넷째 아들이야. 이 위대한 넷째 아들을 임신했을 때 '네네네노네'가 한 말은 후세에 명언으로 전해질 정도지. "여보, 나 또 생긴 것 같아"라고. 사실 이제부터 시작할 얘기는 인쇄해서 가지고 다니고 있지. 여기에 있는 그라운드 경비 담당이 내 대신 읽어줄 테니 천천히 듣고 있게나. 아무것

도 걱정할 필요는 없어. 다 읽을 무렵엔 나도 깰 테니까. 그럼,
나는 자겠네.

그럼, 감독님을 대신해서 제가 낭독하겠습니다.

* * *

아버지, 처음 뵙겠습니다. 이번에 저를 낳아주셔서 무척 감
사합니다.

여보! 이번 아이는 예의가 발라요!

한 가지 부탁이 있습니다. 어떠신가요? 저는 '일본 야구'를
창조해보고 싶어요. 허락해주시겠습니까?

말 잘했다, 아들이여. 너는 말하는 법을 알고 있는 것 같구
나. 허락하고말고 할 게 있나. 네가 좋을 대로 하여라. 그런데
어떤 식으로 '일본 야구'를 창조할 건지 생각해두었느냐?

그래서 말인데요, 준비해주셨으면 하는 게 있습니다.

그런 일은 식은 죽 먹기지. 아들이여, 네 아비는 만물의 근원
인 신이니까 뭐든 필요한 게 있으면 조르면 된단다.

저는 이제부터 '일본 야구'를 창조하기 위해서 여행을 떠나
려고 합니다.

그래. 네 말은 하나부터 열까지 논리가 정연해. '~하기 위해

서 여행을 떠난다'라니 나쁘지 않아. 너희 형들하고는 천양지 차구나. 여보, 이놈은 신화에 관해서 꽤나 까다로울 것 같아 보이는데?

네. 저는 신화에 관해서는 꽤나 까다롭습니다. 그래서 부탁인데요, 여동생을 급히 만들어주셨으면 합니다.

여동생이라고! 그거 좋군. 여행길 길동무로는 최고지. 당연히 근친상간을 할 작정이지?

아뇨. 저는 절대, 근친상간을 하지 않겠습니다.

그러면 뭣 때문에 여동생을 데리고 가겠다는 거냐?

일기를 교환해 보려고 합니다.

동글동글한 글씨로?

네. 동글동글한 글씨로, 여동생과 일기를 교환할 거예요.

아들아, 너는 태어난 지 얼마나 됐지?

글쎄요. 대강 7분 10초 정도인 것 같습니다만.

봐라, 네 아비와 어미는 2억 년은 족히 살아왔다. 대충 계산해도 7분 10초의 두 배는 살아왔다. 그 말인즉 너보다 훨씬 경험이 많다는 것이다. 알겠느냐? 경험을 우습게 여기면 안 되느니라. 나쁜 말 하지 않을게. 여동생은 금방 만들어줄 테니, 근친상간에 쓰거라. 심심하면 죽여도 좋아. 사지를 절단해서, 업고 다니는 즐거움도 있어.

유감스럽지만, 저는 뭐라고 하셔도 여동생과 일기를 교환할 겁니다.

알았다. 그렇게 일기를 교환하고 싶으면, 네 멋대로 하거라. 이제부터 어미와 함께 여동생을 만들어 올 테니, 그동안 형들과 작별 인사를 하고 있거라.

네. '넴보' 형, 전 여행을 떠납니다. 거기서 그림엽서를 보낼 테니 기대하고, 마음껏 마루랑 벽을 기어다니세요. 그리고 '네달카날' 형. 어차피 무슨 말을 해도 알아들을 수 없겠지만, 너무 '넴보' 형을 혹사시키지 마세요. 이대로라면 곧 사용 기한이 다 되어버릴 겁니다. 그리고 '네스카페' 형, 전 형을 보며 늘 흥미롭다고 생각했어요. 당신은 아주 드문 정상적인 신 중 하나였지요? 어떤 의미론.

'네케레케세맛타'야, 여동생이 생겼어. 지금 자기소개를 시킬게.

오빠, 처음 뵙겠어요, '네피아(일본의 화장지 브랜드-옮긴이)'예요.

아, 안녕. 계획은 들었지?

네. 일기 교환. 그리고 '일본 야구 창조'가 어쩌고저쩌고.

그래. 그럼, 출발하자.

내 아이들아, 적어도 저녁밥 정도 먹고 가면 어떻겠니?

여러분끼리 드세요. 우리들은 서둘러 가야 해서. 그럼, 안녕히.

아아, 아이들이 가버렸군. 저녁밥도 안 먹고. 할 수 없지. 여보, 또 밤일이라도 할까?

아버지, 어머니, 지금 다녀왔습니다.

뭐라고! 벌써 돌아왔어? 출발하고 10초도 안 되었는데. 설마 '일본 야구'를 창조하고 온 것은 아니겠지?

바로 그 설마예요. 모두 제 주위로 모여주세요. 이제부터 저와 여동생이 어떻게 차례차례로 덮쳐오는 무서운 난제에 대항하고 예지와 기지를 종횡무진으로 구사하여 '일본 야구'를 창조하는 데 성공했는지 보고하겠습니다. 슬라이드를 사용하겠으니 커튼 좀 쳐주시지 않겠습니까? 무슨 일이죠, 아버지?

아들아, 10초는 좀 황당한 숫자라고 생각하지 않느냐? 아무리 네가 신이라고 해도, 당연히 한계라는 것이 있을 텐데.

아버지 신이시여, 저는 가속 스위치를 가지고 있어서 광속에 버금가는 속도로 이동할 수 있어요. 일일이 참견 말아주세요. 여러분, 조용히 해주시기 바랍니다. 우선, 저와 여동생이 집을 나선 것부터 시작하지요. 문을 열고 밖으로 나간 저희는 기대와 불안으로 고조되는 가슴속 고동을 누르지 못했습니다. 눈앞에 펼쳐지고 있는 미지의 세계. 그 눈부신 반짝임. 우리들은 뭔가에 홀린 듯이 서로 바라보고는 곧 일기를 교환했습니다.

일기를 교환했다고! 하고 많은 일 중에 일기를 교환했다니!
왜 여동생을 밀어 눕히지 않는 거야?

저희가 교환한 일기 내용은 슬라이드로 차례차례 비춰드릴
테니 화면 쪽을 주목해주십시오.

우선, 이건 제 일기입니다.

투두라 메멜 에크

투두라 메멜 에크

투두라 메멜 에크

이건 부두교(서인도제도의 원주민들이 믿는 종교-옮긴이)에 전
해지는 무서운 주문인데

세 번 외우면 누구나 죽는대.

그렇지만 근처 유치원에서는 모두 외워도 아무도 안 죽는
대.

이상하지?

다음에 여동생의 일기를 비추겠습니다.

아아

태어난 첫날인데도

오늘은 대단한 사건이 없었습니다,

라고 일기에 써놓자.

뭐야, 이건? 교환 일기치곤 꽤나 특이하잖아.

네. 저희는 서로 시를 써서 교환하기로 했어요. 신화적으로
도 역사적으로도 이치에 맞는 방법이니까요.

너는 편리할 때만 신화를 이용할 작정인가 보구나. 뭐, 그건
좋다고 치고 전혀 시답지 않잖아. 너희들이 만든 건.

요즘은 그런 게 유행이에요, 아버지. 자, 일기를 다 교환하
자 저희는 작전 회의를 열기로 했습니다. '일본 야구'를 창조하
는 건 무척 곤란한 일이었거든요. '네피아'와 저는 말했습니다.
"일본이라는 게 뭘까?" 그러자 '네피아'는 대답했어요. "오빠.
나도 잘 모르겠어요. 그러니까 우리 그 말을 계속 외워보죠. 뭔
가 알게 될지 모르니까." 좋은 아이디어입니다. 실로, 신화적인
행위예요. 그래서 저희는 제창으로 계속 불러봤습니다. "일본,
일본, 일본, 일본." 한참을 계속 불렀습니다만, 별다른 일은 일
어나지 않았습니다. 즉, '일본'에는 그다지 의미가 없었던 것입
니다. 계속해서 '야구'를 검토했습니다. 그러다보니 이 말에 뭔
가 의미가 있다는 걸 추측할 수 있었습니다. 마지막으로 '일본'

과 '야구'를 붙여보았습니다. "여동생아. 이건 붙여보아도 거의 의미가 없어. 잘해봐야, 의미가 전혀 없는 것보다는 조금 있다는 걸 아는 정도야." 그러자 여동생은 말했습니다. "그러네. 의미가 전혀 없는 것보다는 조금 있다는 걸 아는 정도라는 말은, 대부분의 것과 같다는 말이네?" 그렇게 작전 회의는 성공적으로 막을 내렸습니다. 첫째 날이 끝난 것입니다. 저희는 텐트를 치고 잠을 청했습니다.

한 장의 담요를 덮고 말이지?

아니요. 조립식 2층 침대를 썼습니다. 제가 아래에서, 여동생이 위에서 잤습니다. 다음 날 아침이 되자, 우리들은 침대를 분해하고 텐트를 접었습니다. '네피아'가 창조한 '보이스카우트'에서 배웠거든요. 그리고 저희는 다시 출발했습니다. 한참을 걸으니, 마침 알맞게 문이 있었고, 마침 알맞게 문지기가 서 있었습니다. 문지기는 누가 봐도 저희를 기다리고 있었어요. "말을 걸면 복잡해질 것 같네" 하고 여동생이 말했습니다. "그래. 말을 걸면 복잡해질 거야." 복잡한 것은 질색이기 때문에 저희는 문을 우회해서 가기로 했습니다. 또 한참을 가자, 침대 위에 무서울 정도로 풍만한 육체를 가진 미녀가 끈으로 된 팬티와 핑크색 캐미솔을 입고 저희를 유혹하고 있었습니다. "어느 쪽을 유혹하는 거야?" 저는 물었습니다. 그러자 여자는 "어느 쪽이든. 그쪽에서 원하면 둘 다" 하고 대답했습니다. 아무래도 이자도 복잡한 일을 생각하는 게 틀림없었습니다. 그래서 저희는 '일본 야구'를 하기로 했습니다.

아들아, 그것 참 갑작스러운 일이군. 뭔가를 했다는 거냐? 나는 이해가 잘 안 되는구나.

'뭔가를 했다'라고는 말 안 했어요. 우리들은 '일본 야구'를 했을 뿐입니다. 그리고 야쿠르트 스왈로스(도쿄를 연고지로 둔 센트럴리그 야구팀-옮긴이)가 우승했습니다. 요컨대, 저희는 교환을 했던 것입니다. 복잡한 것을 단순한 것으로.

핑크 캐미솔의 미녀는 어찌 됐느냐?

그러니까, 야쿠르트 스왈로스의 우승과 교환한 것입니다. 야쿠르트 맛은 단순합니다. 물론 야쿠르트 스왈로스도 단순합니다. 저희는 핑크 캐미솔의 미녀를 취소하고 그 대신에 야쿠르트 스왈로스의 우승을 놓았던 것입니다.

'취소했다'라고! 너는 이상한 말투를 쓰고 있어. '교환'에다 '취소'라. 어느 쪽도 신에게는 별로 어울리지 않는 용어구나. 신이 하는 것은 '창조'라든가 '파괴' 중 하나라고 정해져 있어.

바로 그겁니다, 아버지. '창조'나 '파괴'는 방법이 너무 거칠다고 생각했습니다. 좀 더 좋은 방법이 있는 게 아닌가, 좀 더 즐거운 방법으로 생각할 수 없을까, 대충대충 하는 아버지의 방법과는 다르게 좀 더 정밀한 방법으로 할 수 없을까. 그래서 우리들은 핑크 캐미솔의 미녀를 취소하고 야쿠르트 스왈로스의 우승과 교환하기로 한 것입니다. 큰일을 하나 해낸 우리들은 의기양양하게 걸어가기 시작했습니다. 그러자 길 저편에서 학생들이 걸어왔습니다. "안녕." 저는 말했습니다. "어때, 모든 일이 잘 되어가니?" 그러자 학생들은 "이것저것 일이 많아서 큰일이야, 이 바보야" 하고 대답했습니다. 확실히 그들은 일이 많아 힘들어 보였습니다. 그래서 저희는 그들을 던킨 도넛으로 초대하여 좀 더 자세히 얘기를 들어보기로 하였습니다. 그들을 담당하는 교사 중 몇 명은 호모인데 그 정체를 숨기고 있고, 또 몇 명은 레즈비언이고, 또 몇 명은 학생들의 몸을 만지고 싶어 하고, 또 몇 명은 머리가 꽤 이상하고, 또 몇 명은 집을 살 때 빌려 쓴 대출금으로 괴로워하고, 또 몇 명은 틈만 나면 학생들을 겁탈하려고 하고, 또 몇 명은 이미 학생을 겁탈한 적이 있고, 또 몇 명은 한 학생을 몇 번이나 범하고 있고, 또 몇 명은 수업 중에도 학생을 범할지 말지에 대해서만 생각하고, 또 몇 명은 학생들이 보는 앞에서 학생들을 범하고 싶다는 저항할 수 없는 본능에 사로잡혀 있고, 또 몇 명은 어차피 하는 일이라면 기구를 사용해 학생들을 범해야 한다고 주장하고, 또 몇 명은 어떤 식으로 학생들을 범할지 순서를 자세히 기록한 공책을 열

권 이상 소유하고 있고, 또 몇 명은 학생을 범할 때는 가능한 많은 교사들의 도움을 받는 것뿐 아니라 비디오카메라 등의 기자재가 있으면 좋다고 말하고, 또 몇 명은 남학생은 여장을 시키고 여학생은 남장을 시켜서 범하겠다고 떠벌리고, 또 몇 명은 학생을 범할 목적으로 교사가 되었다고 은밀히 고백한 적이 있다는 것입니다. 그래서 저는 물었습니다. "학생들과 일기를 교환하고 싶어하는 교사들은 없니?" 그러자 학생들은 "극소수지만 있기는 있어. 그렇지만 일기를 교환하려고 할 때는 꼭 범하려고 해" 하고 대답했습니다. "복잡한, 너무나도 복잡한 교사들이야. 이렇게 복잡하면 재미가 없어." 그리고 우리들은 '일본 야구'를 했습니다. 교사들을 빼고 도라에몽을 집어넣은 것입니다.

또 '교환'했느냐?

아니요. 이번에는 빼고 더한 것입니다. "이것으로 어떻겠니?" 우리들은 학생들에게 물었습니다. 학생들은 "초보적인 산수지만 나쁘지 않아" 하고 대답했습니다. 그러나 저희는 아직 충분히 '일본 야구'를 하고 있다는 느낌이 들지 않았습니다. 그래서, 만일을 위해 학생들의 품행을 조사해보았습니다. 놀랍게도 학생들 중 몇 명은 '위험한 연령'이라는 타이틀로 된 샐린저의《호밀밭의 파수꾼》이라는 낡은 번역본을 가지고 있었습니다. 또 몇 명은 '抹香町(오다와라 지방의 유곽으로 유명했던 동네의 옛 지명-옮긴이)'이라는 한자를 그 자리에서 받아쓸 수 있었습니다. 또 몇 명은 진선미사에서 출간된 책을 가지고 있었습니다. 무슨 일이세요? 기분이 안 좋으십니까?

네 얘기를 듣고 있으면 우울해져. 신경 쓰지 말고 계속해.

"문제가 있다" 하고 저는 말했습니다. "문제가 있는 것은 교사만이 아니었다. 학생들에게도 문제가 있다." 그리고 바로 '일본 야구'를 했습니다. 즉, 생략한 것입니다.

무엇을?

학생들입니다. 이 학생들은 많은 문제를 안고 있었고, 그 문제는 커지기만 했습니다. 그러니까 학생들을 생략했습니다. 그리고 우리들은 또 걷기 시작했습니다. 사람들이 많이 모여 있었습니다. 방송국 중계차도 와 있었습니다. 신문사도, 〈월간명성〉도 와 있었습니다. 우리들은 〈소년아사히신문〉의 기자로 변장해 취재했습니다. 이번에는 사건이었습니다. 무섭고 엽기적인 연쇄살인입니다. 미궁에 빠질 만한 어려운 사건이었어요. 곧바로 저희는 '일본 야구'를 했습니다. 미궁을 삭제한 것입니다. 그리고 엽기도, 연쇄살인도 삭제했습니다. 아아, 범인도요.

그렇다면 아무것도 남지 않았겠구나. 지독한 얘기야.

저희는 다시 걷기 시작했습니다. 거기에선 전쟁을 하고 있었습니다. 아버지, 전쟁은 확실히 흥미로운 점도 있습니다. 빵빵

하고 온갖 것들이 소리를 내는 것이나, 장엄한 곡이 히트 치는 경향이나, 살아 있는 자가 죽은 자들의 이야기를 하는 것이나, 좁은 범위에서 다수의 인간들이 거의 동시에 죽는 것이나, 프로 야구 선수들이 죽는 것이나, 책을 읽으면서 인간이 죽는 것 말이에요. 재미있는 일이 없는 건 아닙니다. 저희도 시험 삼아 참가해보았지만, 쏴 죽이는 것과 죽임을 당하는 것 외에는 대체로 복잡함을 겨루려는 것처럼 보였습니다. 그래서는 안 되는 게 당연합니다. "이건 어떻게 다루어야 하지?" 저는 말했습니다. 그러자 여동생은 "쏴 죽이는 건 빼놓고 나머지는 삭제하고 싶어"라고 말했습니다. 좋은 생각입니다. 그래서 우리들은 '쏴 죽이는 것'을 빼고 전쟁을 삭제했습니다. 아버지, 저희는 여러 장소에 찾아가 '일본 야구'를 했습니다. 교환하거나, 생략하거나, 빼거나, 삭제하거나, 나누거나, 말소시키거나, 취소하거나, 축소하거나 하면서 말입니다. 저희는 어디서나 크게 환영받았어요. 아버지, 그곳은 무척 심각할 정도로, 재미라곤 전혀 없는 곳이었습니다. 그렇지만 지금은 제법 모양이 갖추어졌어요. 아버지들의 방법은 미적지근했습니다. 그건 만들었다고 할 수 없어요. 그냥 놔두기만 한 것이에요. 그러니까, 저희가 아버지 대신에 '일본 야구'를 해주었습니다. 아마 아버지는 만족하시리라고 생각합니다. 돌아오는 길에 몇 번이나 돌아보고 왔습니다. 좋은

풍경이었습니다. 게다가 기분이 최고였어요. 일한다는 것은 정
신을 상쾌하게 해주더군요. 자, 아버지 그리고 어머니, 형님들.
함께 방을 치우죠. 저쪽은 대강 끝났으니, 이번에는 여기에서
'일본 야구'를 하겠습니다. 간단합니다. 어제, 여동생과 일기를
교환했을 때 계획은 세워두었습니다. 아버지, 당신은 삭제하겠
습니다. 그게 가장 어울립니다. 그리고 어머니, 당신은 취소하
겠습니다. 물론 과거로 거슬러 올라가 취소해드리겠습니다. 어
느 정도 거슬러 올라가야 좋을지는 취소하면서 생각해보죠. 그
리고 맏형, 당신은 너무 복잡해. 그러니까 말소하겠습니다. 완
전한 말소입니다. 당신뿐만 아니라 당신과 관련된 건 거의 전부
말소해드리겠습니다. 그리고 덩치 큰 둘째 형. 여동생은 "저 얼
간이는 아무리 축소시켜도 곧 원상태로 돌아올 게 뻔해"라고 말
했지요. 저도 같은 의견입니다. 당신은 생략해드리겠습니다. 생
략입니다, 생략. 알겠어요? 자, 그리고 막내 형, 당신은 교환되고
싶습니까? 만일 원한다면 무엇과 교환되고 싶습니까? 가정생
활은 어때요? 아니면 등장할 기회가 없는 핀치 히터와의 교환
은 어때요? 희망 사항을 얘기해주세요. 뭐든 당신이 좋아하는
것과 교환해드리겠습니다. 아무것도 슬퍼할 필요는 없어요.

　당신들 얘기는 이제부터 쭉 일기를 교환하며 몇 번이나 취
급할 테니까요.

* * *

감독.

질문은 좀 있다가 해주시지 않겠소. 방금 잠에서 깨어 머리가 안 돌아가는군.

아니, 간단한 질문이요. 실은 지금 한 얘기의 의미를 미처 다파악하지 못했어.

뭐야, 그런 건가? 그렇다면 신경 안 써도 되네. 지금 한 얘기에는 특별히 의미란 없었던 거요.

의미가 없었다고! 당신은 '지극히 유서 깊은 신화적 이야기'라고 말하지 않았어!

그건 입에서 나오는 대로 둘러댄 거지. 그렇게 말하지 않았으면 당신들은 얘기를 들으려고도 안 하니까. 게다가 전혀 의미가 없었던 건 아니었어.

그렇다면, 조금은 의미가 있었던 거군.

당신들이 얘기를 들었다는 데 의미가 있었던 거지.

그런 건 보통 의미가 있다고 안 하지 않나?

아니. 의미는 있네. 내가 아는 그들이 하고 있었던 일과 마찬가지로 말일세.

당신이 아는 그들이 하고 있었던 일과 마찬가지라고!

그렇소. 스타디움에서 조금씩 커지는 정체불명의 물체를 제거하려고 했던 소년이나, 한자를 건너뛰어 읽는 여자와 결혼을 앞둔 남자나, 자는 동안에도 야구를 하던 이루수나, 스타팅 멤버를 예술적으로 읽어 내려가는 장내 아나운서들이 하고 있던 일과 마찬가지로 의미가 있는 거요.

알겠어. 이번에는 그들의 이야기를 들려주려는 속셈이지?

아니. 나는 그 얘기를 당신들에게 할 생각은 없소.

왜!

그건 당신들이 그 얘기를 무척이나 듣고 싶어 하기 때문이지. 그러니까 절대로 하고 싶지 않은 거요.

제기랄! 그렇게 말하니 그 얘기가 무척 듣고 싶어지잖아!

안됐군. 무슨 수를 써서라도 그 얘기를 듣고 싶으면, 내 뒤를 따라오는 수밖에 없지. 그러는 중에 마음이 바뀌어 얘기를 시작할지도 모르니까. 그건 그렇고, 어디까지 얘기했더라?

숙모님, 안녕하셨어요?

저도 잘 지냅니다. 지금은 병원에서 근무하며 환자들을 간호하고 있습니다. 환자라고 해도 모두 건강해요. 머리가 이상한 것을 빼놓고는 아무 데도 나쁘지 않습니다. 그래서 일은 편해요. 저는 주로 환자들과 함께 마당을 빙글빙글 도는 일을 하고 있습니다. 다들 할 일이 없기 때문에 하루 종일 빙글빙글 돌고 있어요. 저도 동지가 된 기분으로 그들을 쫓아 돌고 있기 때문에 운동화가 보름 만에 닳아버립니다. 그중에는 야구 이야기를 즐겨 하는 환자도 있습니다. 모두들 그 사람을 '감독님'이라고 부르고 있습니다. 감독님이 오고선 야구 얘기를 하는 환자분들이 늘었대요. 그렇지만, 그게 병에 어떤 영향을 주는지 잘 모르겠다고 합니다. 샬럿은 아이를 낳았어요? 다음에 만날 날이 기다려지네요.

그럼, 안녕히 계세요.

건강하게 잘 지내는 것 같아 기쁘구나.

그런데 네가 편지에 썼던 환자분은 어느 프로야구 팀의 감독님이었어. 아주 어릴 때 너를 데리고 그분이 속한 팀의 시합을 보러 간 적이 있는데. 기억 안 나니?

슬픈 얘기가 있는데, 샬럿은 죽었어. 수의사 말로는 인간으로 치면 '산후조리가 안 좋았다'라는구나. 설날에는 건강했는데 갑자기 식욕이 없어지더니 한파가 기승을 부린 어느 아침에 침대 속에서 차가워져 있었어. 갑작스러운 죽음이었지. 그렇지만 새끼 고양이들은 모두 건강해. 이름은 샘, 찰리, 알렉산드라, 캐서린(에밀리 브론테의 《폭풍의 언덕》 속 여주인공 이름-옮긴이)이라고 지었지. 모두 검정과 흰색으로 얼룩진 고양이야. 아비인 히스클리프(《폭풍의 언덕》의 남주인공 이름-옮긴이)는 슬픔으로 집에 틀어박혀 나오지 않아. 아이들을 위해서라도 빨리 기력을 회복하길 기대할 뿐이야.

숙모가.

숙모님께.

샬럿 일은 참 안됐어요. 아마 천국에서 좋아하는 고타쓰(일본의 테이블식 난방 용구-옮긴이) 안에서 둥글게 몸을 말고 있겠지요. 실은 여기서도 사건이 있었습니다. 그 감독님이 병원의 뜰을 행진하고 있는 중에 쓰러졌어요. 깜짝 놀랐죠. 마치 막대기처럼 꼿꼿해지더니 얼굴부터 지면으로 쓰러졌어요. 뇌졸중이었습니다. 저는 쓰러진 감독님에게 인공호흡을 했습니다만, 의사가 오기 전에 심장이 멎어버렸습니다. 마지막으로 남긴 한마디는 '야구를 더'라는 말이었어요. 장례식에는 감독님이 이끌던 팀의 선수들이 몇십 명이나 왔는데 모두들 '감독은 끝까지 야구만을 생각했던 것 같다'라고 말했습니다. 감독님이 돌아가시고부터는 마당이 넓어진 기분이에요. 행진을 하고 있어도 전혀 즐겁지가 않습니다.

불평만 말씀드려서 죄송해요. 샘이랑 찰리랑 알렉산드라랑

캐서린에게 안부 전해주세요. 그리고 히스클리프에게는 무슨 일이나 긍정적으로 생각하라는 말도 전해주세요. 반드시 좋은 일이 있을 거예요. 그럼, 또 뵐 날을 기대하며. 안녕히.

제
5
장

코 푸는 종이로부터의 생환

이것은 코 푸는 종이에서 기적적으로 살아남은《텍사스 건
맨스 대 앵그리 헝그리 인디언스》의 마지막 장이다.

이 장은 아이들의 코 푸는 일에 사용된 후 점퍼 주머니에 방
치되었던 것을, 세탁을 위해 주머니를 뒤지던 아이 어머니가
발견하면서 국회도서관에 기증되었다. 역사상 가장 기구한 운
명을 거친 종이인 셈이다.

제199장 전광판, 팔

건맨스 0000001100000000000100000000000000002000

인디언스 0000001010000000000100000000000000000020
00

0000000000111000000000000000000000000000000

0000000000111000000000000000000000000000000

0000000000000000001

00000000000000000000

S ●●

B ●●●

O ●●

선댄스 키드는 겁먹은 듯 전광판을 뒤돌아보았다.

"뭔가 나쁜 꿈을 꾸고 있는 게 틀림없어." 선댄스 키드는 혼
잣말로 중얼거렸다. 어깨가 아프기 시작한 것은 30회를 지나
고부터였다. 50회쯤에는 통증이 절정에 달했다. 조금 움직이
기만 해도 라이플총에 맞은 것처럼 통증이 어깨를 스쳤다. 이
젠 안 되겠다. 기절할 것 같아. 얼마나 많이 그런 생각을 했을
까? 어깨의 통증도 70회가 지나자 거의 느껴지지 않았다.

전광판을 바라보며 마운드에 망연히 서 있는 선댄스 키드
쪽으로 포수인 부치 캐시디가 천천히 다가갔다.

"키드." 부치 캐시디는 위로하듯이 말했다.

"뭐하고 있어. 빨리 던져."

"부치." 선댄스 키드는 아직 전광판을 바라보고 있었다.

"뭐야?"

"더 이상 던질 수 없어."

"왜."

"팔이 없어져버렸어."

"내겐 있는 것처럼 보이는데."

"내게도 그렇게 보여. 그렇지만 아무것도 느끼지 못하겠어." 선댄스 키드의 한쪽 눈에서 눈물이 한 방울 떨어졌다. "꼴불견이군." 부치는 유니폼의 가슴 주머니에서 손수건을 꺼내 선댄스 키드의 눈물을 닦아주었다.

"네 팔은 확실히 아직 붙어 있어. 오랜 친구인 내가 그렇게 말하니 믿어. 알겠어?"

선댄스 키드는 살짝 끄떡였다.

"내 미트를 향해서 던지면 되는 거야."

그렇게 말을 남기고 부치 캐시디는 홈으로 돌아가려고 했다.

"부치, 지금 시합은 어떻게 되어가고 있어?"

"전광판을 보고 있던 게 아냐?"

"눈이 안 보여." 선댄스 키드는 시선을 그라운드에 떨어뜨리고 거의 들릴 듯 말 듯한 작은 소리로 말했다.

"60회쯤부터 거의 아무것도 안 보이기 시작했어. 네 목소리가 나는 곳으로 던지고만 있었지. 부치, 이 시합은 어떻게 되어가고 있어? 중간까지는 기억나는데 이젠 아무것도 떠오르지 않아. 손이 미끄러져서 공이 인디언 머리에 부딪쳤어. 불쌍하게도 그놈은 즉사했지만, 팀 전속 기도사가 주문을 외우자 다시 살아나 일루로 뛰어갔지. 부치, 지금 내가 말한 건 정말로 일어난 일인가? 아니면 그건 꿈이었을까?"

"꿈이 아니었어, 키드. 우리가 하고 있는 시합 그대로야. 잘 들어. 우리들은 만만치 않은 인디언들과 시합하고 있어. 우리들이 싸워온 팀 중에서 최강의 놈들이야. 지금은 98회 말이야. 9 대 8로 우리들이 1점 앞서고 있어. 투아웃에 투 스트라이크, 스리 볼. 만루는 쉽지 않겠지만 너라면 잘 이겨낼 거야. 알겠어?"

"응, 부치. 해보지. 그 대신 큰 소리로 소릴 질러줘. 거기를 향해 던질 테니까."

"오케이."

부치 캐시디는 선댄스 키드의 엉덩이를 미트로 가볍게 두드리더니 홈으로 돌아가, 타자석에서 유유히 기다리고 있던 '벌꿀 채집인(비 헌터)' 오언에게 말을 걸었다.

"미안하네, 기다리게 해서."

"별말씀을"이라고 '벌꿀채집인(비 헌터)'은 대답했다.

"시합을 재개한다" 하고 주심인 마담 '콧수염(무스타슈)' 화니가 말했다.

　포트워스 스타디움에 긴장이 되살아났다. 부치 캐시디는 정해진 위치에 섰다. 나머지 1구라고 부치 캐시디는 생각했다. 어느 쪽이든 간에 나머지 1구로 결판이 난다.

　"플레이볼!"

　텍사스의 파란 하늘에 마담 '콧수염(무스타슈)'의 소리가 울려 퍼졌다.

제
6
장

사랑의 스타디움

맑은 날. 야구를 하기엔 더할 나위 없이 좋을 정도로 맑은 날. 시합 개시를 기다리고 있는 스타디움. 스탠드에 관객들이 조금씩 모습을 드러낸다. 필드에서는 나른한 듯 캐치볼을 하는 선수들의 모습이 보인다. 아마도, 어느 스타디움에서나 볼 수 있는 광경이다. 비만 내리지만 않는다면 아마도, 시합이 시작될 것이다. 아마도 두 팀 사이에 시합이 시작될 것이다. 아마도 그건 야구겠지. 이 '아마도'라는 부사는 통상 생략되는 단어. 그러나 오늘은 무슨 일이 있어도 '아마도'라고 쓰고 싶다. 아마도, 관객들은 시합을 즐길 것이다. 아마도, 선수들은 던지고 그라운드를 달릴 것이다. 아마도, 이 스타디움 외에 다른 스타디움에서도 같은 풍경을 볼 수 있을 것이다. '아마도'는 아마 생략해도 상관없을 것이다. 아마도, 그럴 것이다. 아마도, 그런 일인 것이다. 사실은 나도 잘 모르겠지만.

굳이 말하자면, 색깔은 전체적으로 쥐색에 가까운 흰색. 단, 아래쪽은 약간 빨간 기가 도는 노란색처럼 보인다. 형태를 설명하는 것은 어렵다. 곡선과 직선의 조합이라고만 말해두면 틀릴 염려는 없다. 하지만 그렇게 말하면 처음 보았을 때의 기묘한 느낌이 없어져버린다. 대담하게 인간을 닮았다고 할까? 그렇지만 그렇게 말하면 거짓이 된다. 인간의 형체는 독특하다. 애매한 말을 하는 것은 좋지 않다. 아마도 이걸 보면 열 명 중 여덟 명 정도는 어딘가에서 본 기억이 있다든가, 이 형태는 본 적이 있다고 말할 것이다. 그렇지만, 그건 단지 생각나는 대로 말하는 것에 지나지 않는다.

"뭐지? 이게." 한 소년이 큰 소리를 낸다.

"봉제 인형 아냐?" 다른 소년이 말한다.

"건담의 모빌 슈트 같아." 이번에는 다른 소년이 말한다.

"그렇다면 속에 뭔가 들어 있다는 거야?"

"어디서부터 들어가는 거야, 이 속에."

"딱딱해. 쇠붙이인가?"

"있잖아, 속에서 소리가 나."

일제히 귀를 갖다 대는 세 사람.

"정말이다! 들려."

"조용히 해. 잘 안 들리잖아."

소리다. 더해가는 난문.

"이거 뭐지?"

"뭔가일 거야, 아마."

"그냥 놔둘까?"

"너, 신경 안 쓰이냐?"

"신경 쓰여, 몹시. 왜 그런지 모르겠는데 몹시 신경 쓰여. 예를 들면, 뒤편의 저 튀어나온 것."

"뒤편이라니? 어디가 뒤야?"

"그라운드를 향해 있는 쪽이 앞이니까, 그 반대편."

"그렇지만 뒤편이 아닐지도 모르겠는걸?"

"뒤편이라고 생각해, 나는. 확실해."

"그럼, 그라운드를 향한 쪽이 앞이라고 치고, 앞쪽의 저 구멍, 이상하지 않니?"

"이상해?"

"저런 구멍은 본 적이 없어, 난."

결국 소년들은 야구장 관리인을 부르러 간다. 소년들이 생각해낼 수 있는 최선의 방법.

"이거예요, 아저씨."

소년들이 가리키는 것을 바라보는 관리인. 나는 이미 충분히 많은 문제를 떠안고 있어. 그런데 이런 것까지 찾아내다니. 여기에는 다른 관리인들도 많은데 하필이면 날 찾아오다니, 이 녀석들. 이 쪼그만 녀석들. 밉살스럽게 아무 고생도 안 하고 태평히 지내고 있는 녀석들.

"어? 아까보다 커졌어."

"그런가? 그렇게는 안 보이는데."

"아니, 얘가 말한 대로야. 커졌어. 조금이지만, 아까보다 커. 모양은 마찬가지인데 가로도 세로도 모두 조금씩 커지고 있어."

관리인에게는 소년들의 말소리가 귀에 들어오지 않는다. 이런 것이 여기에 있었다니. 누가 놔두고 갔지? 여긴 스타디움에서 가장 전망이 좋은 자리잖아. 네트 뒤의 특등석이란 말이야. 하필이면 스폰서가 앉는 장소에 두고 가다니. 내겐 해결해야 할 일이 산더미라고. 연금보험의 자격이라든가, 혈당치라든가, 매일 전화를 걸어오는 어머니 일이라든가. 그런 일들만 없으면 이런 건 신경 안 써도 돼. 스타디움에서는 볼 수 없는 것들을 스타디움에서 보는 건 흔한 일이야. 왼쪽 스탠드로 말을 탄 무사의 무리가 달려 올라가는 것을 본 적도 있어. 시합 중이었던가? 모두 응원하는 거라고 착각하여 신경도 안 썼지만, 칼에 찔려 죽은 사람도 있었지. 은색으로 반짝반짝 빛나는 UFO가 20기나 편대를 짜서 스타디움 위를 지나간 적도 있었어. 주자 한 명만 잡으면 노 히트 노런의 기록을 세우는 굉장한 순간이었기 때문에 3만 명이나 관객이 들어차 있었는데도 나 외에는 아무도 머리 위의 UFO를 알아채지 못했어. 지명수배 중인

도주범도 종종 나타나고, 관객이 적은 시합에서는 스탠드의 반이 스파이와 물건을 건네주러 온 조직폭력배와 경찰인 경우도 있어. 모두들 여기가 무엇을 하는 곳인지 알고나 있는 걸까? 어쨌든 나는 익숙해져서 놀랍지 않아. 이것도 틀림없이 무언가일 테고 치우는 방법도 금방 생각이 날 거야. 아아! 어머니가 매일 전화를 걸어오지만 않는다면 생각이 좀 정리될 텐데. 매일매일 전화를 걸어서는 매일매일 똑같은 얘기를 안 했으면 좋겠어요, 어머니. 나도 나이가 쉰을 지나 이젠 손자도 있어. 돌아가신 아버지께 전화하면 되잖아. 어차피 어머니는 남의 얘기 같은 건 듣고 있지 않잖아요? 불단에다 대고 말을 거는 거나 다름없잖아. 아이들이 무서워해요, 어머니. 할머니가 어제랑 같은 이야기를 해, 자기가 얘기하곤 같은 곳에서 똑같이 놀라고는 똑같이 웃어, 좀 이상하지 않아, 뭔가 으스스해, 내가 누군지도 모르는 거 아냐? 하고. 난 이걸 치우지 않으면 안 돼요, 어머니. 그것이 내 일이니까요.

"결혼해줄게." 여자가 말한다.

"네가 꼭 하고 싶다면."

책을 읽고 있는 남자. 이 사람은 어째서 스타디움에 오면 책을 읽는 것일까? 그것도 쭉 계속해서, 쭉 책만 읽고 있어. 시합

중에도 쭉. 절대로 고개를 들지 않아. 공이 날아와도, 다른 관객들이 일어서서 외쳐대도, 이 사람만은 책에서 눈을 떼지 않아. 쭉 읽기만 해. 한마디도 하지 않고, 쭉.

"사양하지 않아도 돼. 결혼하는 게 별로 싫지 않으니까."

그러니까 여기에 오는 건 내키지 않아. 쭉 책만 보고 있으니까. 다섯시에 문이 열리자마자 입장해서 자리에 앉으면 벌써 읽기 시작하고 있어. 한번은 시합이 끝나니까 열시 반이었어. 그렇게 아래만 보고 있으면 어깨가 결리지 않을까?

"는, 로서, 를, 얻는 걸, 했다. 는, 로, 의, 의 없는, 의, 인 것에 비해." 여자는 남자 어깨에 기대 부드럽게 중얼거린다.

"가, 고, 도, 양하는 것을, 고 있었다."

어째서? 남자는 외쳐대고 싶은 것을 간신히 참는다. 어째서 나만 이런 꼴을 당해야 하는 거야? 어째서 이 여잔 한자를 못 읽는 거야? 제발 부탁이니 히라가나만 귓가에 낭독하는 건 그만둬. 나도, 내 책도 제발 그냥 내버려둬. 어쨌든 히라가나만 읽는 건 그만둬. 부탁이야, 그만해. 그런 짓은 그만둬. 한자를 건너뛰어 히라가나만 읽지 마. 스타디움에 와 있잖아.

"게다가, 는, 의, 가, 당하는 일도 있고, 의, 자, 고 하는 것도 있다, 는, 이들, 의, 즉, 를, 하는, 를, 하는, 에, 할 수 없는 것도, 할 수 있다, 나, 는 할 수 없다, 의, 를, 로 해낸다, 를 자주, 하게 하고 있었다."

"제일 좋아하는 건 중견수 쪽으로 빠질 것 같은 땅볼을 잡을 때야." 캐치볼을 하면서 이루수가 말했다.

"그리고 원아웃에 일루에 주자가 있으면 더 좋지. 네게 공을 던지면서 생각해."

"당신도 생각이란 걸 한단 말이야?" 유격수가 대답한다.

"야구 선수는 생각하면 안 되나?"

"잘 모르겠는데. 조금은 생각하는지도 몰라. 일루에 있는 주자는 달려올 것인가, 이번엔 커브가 왔으니 다음은 스트레이트일까. 그런 건 생각하지."

"내가 말하는 건 그런 게 아냐. 젊을 때는 나도 공이나, 주자같은 것만 생각했지. 그렇지만 꼬마야, 나처럼 35년 동안 이루를 지키고 있으면 그런 일은 아무래도 상관없어져. 일루에 있던 주자를 이루에서 아웃시키면 투수의 긴장이 풀어져 다음 타자에게 홈런을 맞을지도 몰라. 반대로 자네에게 잘못 던진 것을 보고 오버런(주자가 달려오던 기세로 베이스를 지나쳐버리는 일-옮긴이)하여 아웃이 될지도 몰라. 너도 그 포지션을 20년 정도 지키고 있으면 알게 되겠지만, 아웃되어야 할 주자와 세이프가 될 주자는 미리 정해져 있어서 우리도 어떻게 할 수 없다는 거야."

"그럼 내게 던지면서 무엇을 생각하고 있나?"

"그 앞의 타석에서 꾼 꿈을 생각하고 있어."

"허! 당신이 타자석에서 졸고 있다고 코치가 말했는데 정말이었군!"

"졸고 있는 건 타자석에 들어갔을 때만은 아니지만, 그때가 가장 졸기 쉬우니까 코치 말도 틀리지는 않았어. 수비 위치에 섰을 때도 잘 졸고 있고, 벤치 안에선 깨어 있을 때가 없었지. 나는 몹시 피곤했거든."

"결국 언제나 졸고 있다는 말 아냐!"

"때로는 깨어 있을 때도 있어. 예를 들면 이루 심판하고 잡담을 할 때지. 고독한 놈끼리는 마음이 통해. 물론 그놈의 잡담은 좀 도가 지나치지. 시합 내내 얘기하고 있으니까. 나도 깨어 있을 때는 같이 얘기하지만, 수면을 방해받는 것만은 질색이야. 그래서 조약을 체결했지. 홀수의 이닝에서는 얘기하는 대신 짝수의 이닝에서는 잠을 방해하지 않는다. 연장전에 들어가면 내 피로도 배가 되니 잠이 깨지 않게 절대로 소리를 내지 않는다. '아웃, 세이프'라는 소리도 가능한 작게 외친다. 그리고 자는 시간을 확보하기 위해서 내 관할 구역에 공이 날아올 것 같으면 큰 소리를 질러 자고 있는 날 깨운다. 이게 그놈과 나 사이에 맺은 조약이야."

"그렇다면 이루 심판은 힘들겠는데요."

"어차피 놈은 시합 내내 깨어 있어. 그 정도는 시켜도 상관 없어. 그렇지, 꼬마야?"

"슬슬 시작할 시간이지?" 여자가 말한다.

"슬슬 시작할 시간이야." 다른 여자가 대답한다.

"읽어 내려가는 거지? 선수들의 이름을."

"감정을 넣어서. 어제 너 참 잘했어. '스타팅 멤버를 발표해드 리겠습니다'라는 서두 말이야. '스타'라는 곳이 최고로 감동적 이었어."

"응. 나도 그렇게 생각해. 다른 날은 그만큼 감동적으로 읽 어낼 수가 없었어. 의식적으로 꾸미게 돼. 감동적으로 읽어야 지, 하고 생각한 나머지 기교에 치우쳐버려. 억지로 감동을 만 들려고 했던 거지."

"기교에 빠지기 쉽지, 우리들은."

"맞아. 그러다 껍데기 안에 틀어박혀버려."

"그리고 '하겠습니다'라는 어감이 매일 다르지?"

"과연, 너만큼은 속일 수가 없어. 어감, 어감이야. 네가 좋은 말을 가르쳐주었어. '합니다'라는 미묘한 어감의 차이가 미묘하게 뭔가에 작용해서 시합에 미묘한 영향을 주는 거야. 아주 최고의 미묘함이야. 말하기 어려운 미묘함. 무서워진다."

"나도 무서워서 떨릴 때가 있어. 우리들이 읽지 않으면 시합이 시작되지 않지. 절대로 틀려서는 안 돼. 잘못 읽었을 때가 머리에 떠올라서 몸 전체가 땀에 흠뻑 젖어. 저번에 말도 안 되는 걸 읽은 여자 얘기 들은 적이 있지?"

"너, 그런 얘기, 믿고 있는 거야? 난 안 믿어. 잘못 읽다니."

"물론 나도 안 믿어. 그런 걸 읽다니, 절대로 있을 수 없어."

"그래. 읽어도 그런 바보 같은 얘기를 읽을 리가 없어. 이상하잖아. 만일 그런 걸 읽었다면 다른 한 사람은 뭘 하고 있었던 거야? 만들어낸 얘기라고 해도 분수가 있지. 그런 걸 읽고 있는데 옆에 앉아서 백치처럼 멍청히 듣고 있었다는 거야? 읽는다는 게 어떤 건지 모르는 사람들이 만들어낸 얘기인 게 뻔해. 아니라고 해도 어디 다른 스타디움의 얘기겠지?"

"그래. 어찌 됐건 다른 스타디움 얘기일 거야. 우리들이 신경 쓸 필요는 전혀 없어."

"《야구 박물지》라는 소설이야." 남자가 말했다.

"그게 어떤 작품이야, 아빠?" 소년이 말한다.

"적어도 제목만은 완벽하게 준비됐어. 그것이 소설의 필수 조건이니까. 이것만 있으면, 내가 쓰고 있는 작품이 택시 영수증이나 도큐 핸즈(일본의 잡화 전문 쇼핑몰-옮긴이)의 24깃짜리 광고로 오인될 걱정은 없어져. 다른 사람뿐만 아니라 그걸 쓴 당사자조차 자주 오인하니까. 그리고 내게는 획기적인 일인데, 시작하는 행과 끝나는 행이 이미 완성되어 있어. 세상에나, 가운데 부분도 몇 갠가는 완성되어 있다고. 뭐, 그런 작품이야."

"그거 재미있어? 그거 걸작이야?"

"그 어느 쪽도 아닌 건 확실해." 남자는 이상하게도 자신 있게 말한다.

"아직 시작한 지 얼마 안 되어서 쉽게 예측할 수 없지만, 지금까지 쓴 곳만 봐도 꽤 형편없다는 건 장담할 수 있지. 써 내려갈수록 점점 더 심해질 테니, 내가 쓴 것 중에서도 눈에 띄는 최악의 작품이자 끝내주는 실패작이 되리라는 것은 단언할 수 있지. 나만큼 경력 있는 작가가 이렇게 연달아 최저 기록을 갱신하는 것도 드물다고. 자, 커피라도 마셔."

"벌써 다섯 잔째야, 아빠. 고맙긴 하지만 쓸데없는 간섭이야."

"고맙긴 하지만 쓸데없는 간섭이라고? 그렇다면 나도 마찬가지야. 내가 집필하고 있을 때 문을 두드리곤 '푸치 로망'의 마롱글라세(밤으로 만든 프랑스식 디저트-옮긴이)와 홍차 좀 마시겠냐고 묻지 말아주렴."

"잘 알고 있어, 아빠. 그렇지만 아빠 약삭빠른걸. 아빠 방을 들락거리는 그 여잔 언제나 케이크를 들고 오잖아."

"아들아. 적어도 그 여자는 내게 즐거움을 주지. 너와 달라서 말이야. 그러니까 약간의 결점은 봐줘야 하는 거야."

"흐응, 나는 그 여자가 맘에 안 드는데."

"왜?"

"골이 비었으니까."

"뭐야, 그 때문인가? 아들아, 여잔 골이 비고 밤 기술은 좋은 게 최고야. 네 엄마처럼 머리가 좋고 잔소리도 많고, 게다가 밤 기술은 영 신통치 않은 여자에게 잡히는 날엔 꽝이야."

"아빠, 충고는 고맙지만 그런 바보 같은 여자랑 같이 있으면 따분하지 않아?"

"따분하긴. 그 여자 얘긴 전혀 안 듣고 있으니 따분할 리가 없지. 그렇지만 가끔 귀에 들어오는 그 여자의 말로 미루어보아, 그녀와 제대로 대화를 나누면 죽고 싶을 정도로 따분할지도 모르겠어. 하지만 나는 그냥 하고 싶은 생각이 들 때 자빠뜨려서 그 위에 타기만 하면 되니까 걱정할 필요는 전혀 없어."

"엄마랑 살고 있을 때도 그렇게 했더라면 좋았을걸."

"그렇게는 안 되지. 네 엄마로 말할 것 같으면 너무나 교활

해서 도저히 그런 짓을 할 여유가 없었어. 나는 네 엄마의 '속삭임' 작전에 완전히 말려들었지."

"'속삭임' 작전? 그런 말 처음 듣는데."

"귓가에서 소곤소곤 속삭이는 상급 테크닉이야. '여보, 나 말이야, 소곤소곤. 하지만 여보, 소곤소곤. 알겠죠?' 이런 식이야. 아들아, 너도 당해보면 알겠지만, 이건, 참을 수 없어. 정신이 산만해져서 아무 것도 할 수 없게 돼. 소곤소곤 말하는 걸 듣다보면, 뭔가 볼일이 있었나? 예금 잔고가 부족했었나? 아니면 위팔 이두박근이 또 터졌나? 하는 별별 생각으로 가득 차. 그런데 위팔 이두박근이란 뭘까? 유행어라는 것 말고는 잘 모르겠는데. 그뿐만이 아냐. 네 엄만 침대 속에서도 소곤소곤이 특기라서 말이야, 정말 제정신이 아니었지. 네 엄마 위에서 일사불란하게 이것저것 하고 있으면 입을 내 귀에 대고 빠른 말로 '소곤소곤' 거려. 그래서 내가 '뭐야? 다시 한번 말해줄래? 잘 안 들렸어'라고 하면 또 '소곤소곤'. '귀가 나쁜 탓인지 당신이 말하는 걸 잘 알아듣지 못하겠어. 지금 내가 당신 위에서 하고 있는 이 행위가 마무리되면 그때 다시 얘길 들을게. 그러니, 조금 기다려주지 않을래?' 그러면 네 엄만 양손으로 내 목에 매달려 오른쪽 귀에 '소곤' 왼쪽 귀에 '소곤'이야. 그건 내 머릿속에 '소곤소곤'을 입체적으로 합성하려는 의도인 게 틀림없어. 그렇다고 해도 네 엄마는 뭘 말하고 있었을까? 그렇게 중요한 일이었다면 소곤소곤 거리지 말고 큰 소리로 말하면 좋았을 텐데."

"저 구멍 속에 반짝반짝 빛나는 게 있었어." 목소리를 죽이고 소년이 말했다.

"들여다봤어?"

"응. 들여다봤어. 그랬더니, 도리어 내 쪽을 노려봤어. 반짝반짝 빛나면서."

"적대감을 느꼈니?"

"적대감 그 자체였어. 적대감이 바람같이 구멍에서 흘러나와서 내 얼굴에 부딪혔어."

"비유법 같은 걸로 말하지 마."

"비유가 아냐. 정말이라니까. 너도 그 구멍에 눈을 대봐야 해. 그렇게 하면, 내가 말한 게 비유가 아닌 걸 알 거야."

확실히 꼬마들의 말대로 이놈은 커져가고 있다. 나는 그렇게 마음이 좁은 인간이 아니다. 인정한다. 이놈 외의 모든 것, 나나 꼬마 녀석들이나 이 스타디움 등이 일제히 같은 비율로 줄어들기 시작한 게 아니라면, 역시 이놈이 커지고 있는 거다. 어쩌면 큰일일 지도 모르겠다. 지금 여기서 더 커지면 곤란하다. 여기는 내 담당 구역이니까. 카메라맨들이 시끄러워. 백네트 뒤의 카메라도, 센터 카메라도 불평을 토해낸다. 뭐야? 저 건. 최대한 빠른 시간 내에 치워줘. 어떻게 해도 카메라앵글에 잡혀버려. 그런 이유야. 네가 카메라에 잡혀버린다고 해. 잡혀 도 괜찮잖아요. 무슨 소리야. 화면 한가운데에 나오는 거야. 마 침 심판의 머리 부근에. 봐, 파인더를 들여다봐. 화면 한가운데 에 이런 게 찍혀봐. 침착하게 야구를 볼 수가 없지? 그리고 조 금씩 커지고 있잖아. 화면이 전부 그걸로 메워지면 어쩔 거야. 우리들을 실직자로 만들 셈이야? 빨리 저 재수 없는 걸 치워버 려. 그렇게 된 거야. 어쨌든 나는 너를 치워야 해. 특별히 내가 그렇게 하고 싶어서가 아냐. 운명이라는 거지. 그렇지만, 너를 움직이려면 어떻게 하면 좋지? 아무리 밀어도 꼼짝도 하지 않 잖아. 혹시 바닥 쪽에서 스타디움과 연결된 것이 아니냐고 아 르바이트 학생이 말했지. 전혀 안 움직여요, 이거. 책임자는 당 신인가? 네, 일단은. 누구한테 허락받아 이런 걸 놓아두었나? 죄송합니다. 지금 철거하려고 하고 있는 참이에요. 해고당할지 도 모르겠군. 그러면 나는 또 새로운 문제를 짊어지게 돼. 할 수 없지. 내 나이 정도가 되면 문제가 하나둘 늘었다고 해서 크게 다를 건 없지. 오늘은 쉬었어야 했어. 그런 기분이 들었지. 지금 와서 그런 말 해봤자 늦었지만, 이대로 가면 네가 텔레비전에 찍히게 돼. 아마 우리 마누라도 널 보겠지. 그 여잔 하루 종일 텔레비전 앞에 앉아 있으니까, 곧바로 전화가 걸려오겠지. 봤어? 이상한 게 있었지? 마누라, 난 거기에 있었어. 책임자로 말이야, 그놈을 치우고 있었어. 정말이야. 거기에서 그놈을 만지고 있었어. 거짓말이 아냐. 마누라가 텔레비전에서 본 걸 난 실제로 만지고 있었던 거야. 굉장했지. 텔레비전에서 보는 것보다 훨씬 굉장했지.

"저건 뭘까?" 여자가 말했다. "봐, 저건 뭘까? 이 스타디움에서 저런 걸 보는 건 처음이야. 오늘은 특별한 행사라도 있는 걸까?"

좋은 행동이야. 모처럼 스타디움에 왔으니 내 책이 아니라 스타디움의 풍경이라도 바라보면 돼. 잠자코만 있어준다면 한자를 읽지 못한다는 걸 아무도 모르겠지. 그렇지만 이 여자는 정말로 한자를 읽지 못하는 걸까? 내 앞에서만 못 읽는 척하는 게 아닐까? 음모의 향기. 지금까지 읽은 책에서는 그런 여자를 만난 적이 없었다. 한자를 읽지 못하는 여자라니. 글씨를 전혀 못 읽는 여자는 있었다. 그러나 히라가나를 읽을 줄 안다면 한자도 조금은 읽는 법이야. 이렇게 한자를 읽지 못하는 여자와 결혼하게 되는 건가? 한자를 읽지 못하는 것 외엔 특별히 결점이 없다. 한자를 읽지 못하는 것 빼고는 독서를 좋아한다. 아니,

한자를 읽을 줄 아는 인간이라도 이 여자만큼 독서를 좋아하는 사람은 좀처럼 없어. 어쨌거나 내가 책을 읽을 때에는 반드시 옆에 와 함께 읽으니. 그것도 히라가나만. 한자를 읽지 못하니까 너와는 결혼 못 해. 그런 말을 내가 할 수 있을까? 그런 혹독한 처사를 내가 내릴 수 있을까?

"저기야. 백네트 뒤. 봐봐, 잠깐이면 되니까."

이 사람은 무슨 일이 있어도 얼굴을 안 들 생각인 거야. 앞으로도 책에서 얼굴을 드는 일은 없을 게 틀림없어. 내가 책에서 눈을 떼고 있는 사이에 자기만 다음 쪽으로 가려고 하겠지. 자기 책인데 내가 빨리 읽는 게 화가 나는 거야. 그러니까 언제나 내게 심한 말만 해. 띄엄띄엄 읽지 마. 너 같은 방법은 안 돼. 네가 빼놓고 읽은 곳이 중요한 거야. 네가 읽고 있는 곳은 아무래도 상관없어. 띄엄띄엄 읽을 거라면 책 같은 건 읽지 마.

"나누어도, 라고 하지만, 라는, 것이다. 그러나 그렇지 않고, 에 있어서는, 라고도, 일지도 모른다. 물론, 로서, 라는 것보다는, 그렇게, 할 수 있다, 이다. 로, 나, 를, 하는, 들은, 에게, 를, 즉시, 할 수 있듯이. 라고 하는 것이다."

"확실한 건 당신이 정상이 아니라는 거야. 그런 말 감독님한테 하지 않는 게 좋아. 가만히 있어도 감독님은 당신을 바꾸고 싶어 하니."

"꼬마야, 걱정은 안 해도 좋아. 나도 물러날 때쯤은 알고 있어. 그 꿈이 어떤 식으로 끝나는지 그것만 알면 더 이상 미련은 없어. 언제 은퇴해도 상관없어."

"무슨 얘길 하고 있는 거야? 그 꿈이라는 게 뭐야?"

"내가 시합 중에 꾸는 꿈 말이야. 꼬마야, 내가 단지 멍하니 졸고 있을 거라고 생각했나? 나는 쭉 하나의 꿈만 꾸고 있어. 새로 꿈을 꾸면, 반드시 지난번에 끝난 곳부터 시작돼."

"그것 참, 제법 색다르네. 어떤 꿈이야?"

"야구 꿈이야. 나는 그 꿈속에서 쭉 시합을 하고 있어."

"흐응! 당신은 시합 중에 졸면서, 시합하는 꿈을 꾸고 있다는 말이야?"

"그래. 처음엔 힘들었지. 지금 하고 있는 게 현실의 시합인지, 꿈속의 시합인지 분간이 안 돼. 이루 수비 위치에서 포수 사인을 들여다봐. 거기서 무서워져. 지금 저놈이 낸 사인은 무엇일까? 현실의 시합이라면, 픽오프플레이(투수나 포수가 야수의 사인으로 주자를 보지 않고 견제구를 던져 아웃시키는 일-옮긴이)에서 이루 주자를 끌어내고 아웃으로 만들라는 사인이지만, 꿈속 시합의 사인이라면 주자의 리드를 적게 하기 위해 이루 베이스에 가까이 가야 해. 뭐, 꿈도 현실도 원아웃에 일루와 이루에 주자가 있다는 건 같아."

"좀 물어보겠는데, 그 꿈속 시합에서 유격수 자리를 지키고 있는 건 누군가? 물론 나겠지?"

"아니. 네가 아니야. 훨씬 옛날에 죽어버린 옛 동료지."

"뭐야. 그렇다면 간단하잖아. 내가 있는 시합이 현실의 시합이잖아."

"꼬마야, 넌 아무것도 모르는군. 그 동료와는 25년 동안 콤비였어. 어제오늘 알고 지낸 사이가 아냐. 네가 유격수 자리를 지키고 있는 쪽이 훨씬 못 미더워서 꿈같은 기분이 들기도 한다고."

"늦네." 여자가 말했다.

"평소보다 늦어지네. 네 말대로." 다른 여자가 대답했다.

"뭐하는 걸까? 어째서 선수 명단이 안 오는 걸까?"

"초조해하지 마. 선수 명단은 꼭 오니까. 지금까지 선수 명단이 안 온 적이 있었어?"

"아냐! 선수 명단은 반드시 와. 제대로 연습할 시간이 있었으면 하는 거야. 모처럼 새로운 계획을 짜 왔는데, 이렇게 되면 연습할 시간이 없어져. 어떡해. 나 잘못 읽을지도 몰라."

"침착해. 괜찮아. 네가 잘못 읽다니 상상할 수 없어. 그것보다도 어떤 계획을 짰는지 가르쳐줘."

"그래. 선수 명단이 좀 늦는 걸로 동요하다니 바보 같군."

"맞아. 너는 새 계획에 대해서만 생각하면 되는 거야. 자, 얘기해봐."

"오늘 생각해 온 것은 감동적으로 읽는 방법이야. '스타'가 아니라, '멤버'를 강조하는 거지. 말로 설명해도 몰라. 나중에 읽어줄게. 이제껏 들어본 적도 없을 정도로 감동적이야. 감동의 극치야."

"감동의 극치라."

"그래. 감동의 극치."

"이제껏 아무도 경험해본 적이 없을 정도의 감동 말이지?"

"비교할 수 없을 정도야."

"말을 이을 수 없을 정도로 터무니없는 대감동?"

"그 편린조차 상상할 수 없을 정도로 궁극적인 감동이야."

"인류사에 한 획을 긋는 혁명적인 감동의 총집합이라고나 할까?"

"무턱 대고 하는 감동이라는 요소도 있어."

"원시적인 감동의 새로운 스타트라고 할 수 있지."

"어쨌든 감동이야."

"감동."

"감동이란 중요한 거지."

"하지만 엄마는 미인이었어. 내 기억으로는."

"그리고 엉덩이도 꽤 쓸 만했지."

"지적이었고."

"조금은 도가 지나친 감은 있었지만. 네가 뱃속에 있을 때,
1년 내내 모차르트와 옐로 매직 오케스트라(1970~80년대에 활
동한 일본 테크노 팝 그룹-옮긴이)만 듣고 있었어."

"하지만 귀마개를 하고 있었대. 모차르트와 옐로 매직 오케
스트라가 나한테만 들리고 자기 귀엔 들어오지 않도록. 엄마는
내가 태어난 후에도 내 방에서는 언제나 모차르트와 옐로 매직
오케스트라만 틀어주었지."

"그건 아마 널 마음속 깊이 증오했기 때문일 거야. 아기 머
리에 워크맨을 붙들어 매고 모차르트와 옐로 매직 오케스트라
를 끝없이 반복해서 들려주는 짓을 할 정도였으니."

"엄마가 날 미워했어?"

"그래. 그런 증거라면 얼마든지 댈 수 있지."

"왜 미워했을까?"

"너는 머리가 좋고, 게다가 잘생겼기 때문일 거야. 자기가
지적이고 미인이었으니까, 지적이고 아름다운 것들을 미워했

어. 서로 모순된 두 가지 가치관을 가진 셈이지."

"그렇지만 엄마는 아빠도 미워했어. 그건 어떻게 설명할 수 있어?"

"엄마는 저능한 것, 추한 것도 미워했어. 마음이 넓다는 평판이 나 있었으니까."

"일관성이 없는 여자구나."

"일관성이 없다고? 네 엄마는 적어도 모차르트와 옐로 매직 오케스트라에 관해서는 일관되었지. 네가 키우던 고양이가 베란다에서 뛰어내려 죽어버린 것도, 아끼던 봉제 인형에 그 고양이가 오줌을 싸서 화가 난 네 엄마가 모차르트와 옐로 매직 오케스트라의 사진밖에 없는 방에 가두고는 모차르트와 옐로 매직 오케스트라를 교대로 들려주었기 때문이야. 네 엄마의 인생에서 모차르트와 옐로 매직 오케스트라는 전희와 같은 거였을지도 몰라."

"전희? 아빠, 그게 뭔데? 어째서 모차르트와 옐로 매직 오케스트라가 엄마 인생의 전희가 되는 거야? 무슨 말을 하는지 모르겠어."

"아빠가 하는 말에는 일일이 토를 다는 게 아니야. '전희'라는 말투가 왠지 재미있어서 썼을 뿐이야. 전희, 전희, 전희, 전희, 전희. 봐, 식사, 식사, 식사, 식사, 식사라고 하는 것보다 훨씬 애교가 있지."

"그럴 거라고 생각했어. 그러니까 언제나 여자가 도망가는 거야. 아빠가 쓰는 말은 너무 엉터리거든."

"그렇지만 말이다, 다른 측면에서 생각하면 그건 차례차례로 새로운 여잘 손에 넣는 거야. 너는 현실이란 것을 잘 모르는 것 같구나……. '현실'이라, 이것도 재미있는 말이구나. 현실, 현실, 현실, 현실, 현실. 뭔가 근질근질해진다. 맞다. 지금 생각났는데, 전전번의 여자도 이 점은 나와 많이 닮았지. 생각나지? 언제나 세일러복을 입고, 스티로폼을 채운 학생 가방을 들고 다녔던 꽤 발랄한 마흔여덟 살의 여자. 그 여잔 지성이란 요만큼도 없던 여자였지만, 왜인지 '순록'이란 말을 무척 마음에 들어 해서 말이야. 순록, 순록, 순록, 순록, 순록이라. 나한테는 그다지 재미있게 다가오지 않았지만, 순록, 순록이라고 말해주면 그녀가 흥분해서 평소보다 훨씬 서비스가 좋아졌어. 그 때문에, 나도 그 여자와 함께 순록, 순록, 하고 말했지."

"그렇지만 아빠, 내 기억이 틀림없다면, 아빠의 전전번 여잔 언제나 알몸으로 돌아다니다가 잘 때만 세일러복을 입는 꽤 발랄한 쉰다섯 살의 벙어리 처녀였어. 게다가 '순록'을 마음에 들어 한 건 아빠 쪽이었고, 그것도 전의 전의 전의 전, 열일곱 살의 무척 발랄한 딸이 있는 꽤 젊은 마흔아홉 살의 과부와 사귀고 있었을 때 얘기야. '내가 순록, 순록이라고 하면, 네 아빠의 서비스가 무척 좋아져. 그렇지만 순록이라는 말의 어디가 재미있는지 난 통 모르겠어'라고, 꽤 젊은 마흔아홉 살의 과부는 곧잘 말하곤 했지. 아빠는 뭐든지 뒤섞어버려."

"그럴지도 모르지. 그렇지만 요점은 빗나가지 않았어. 나는 요점에는 집착하니까. 이 얘기의 요점이란, '순록', '무척 발랄', '서비스'야. 알겠어? 세세한 차이에 집착해서 진실을 간과해선 안 돼."

"왠지 모르겠는데 두근거려."

"응."

"모두 모여오고."

"하지만 생각해보니, 좀 무서운 생각도 들지만."

"응. 그렇지만 두근두근한 쪽이 조금 많아."

"어떻게 될까?"

"잘 모르겠지만, 우리들은 어린이라 책임을 지지 않아도 되는 입장이니까 이대로 두근거리면 되는 거야."

"야구를 보러 와선 이것과 마주치다니."

"득 봤다고 생각해?"

"모르겠어."

"손해 봤다고 생각해?"

"모르겠어."

"있잖아, 이거 형체도 바뀌고 있는 것 같아."

"모르겠어."

"뭐야, 그 태도는."

"이젠 아무래도 괜찮아. 싫증 났어. 실은 너희들처럼 흥미를 가질 수 없어. 데이트하는 커플이나 놀리러 가자."

아무래도 형체까지도 변하고 있는 것 같다. '것 같다'라고 할 수밖에 없어 유감이지만, 네 주위엔 사람들이 가득 차서 이젠 가까이 갈 수도 없어. 내가 책임자였는데. 아니면 내가 제멋대로 그렇게 생각해버린 것일까? 모르겠다. 이상하게도 어정쩡하게 되어버렸어. 내 담당 구역이 이렇게 혼란에 빠져 있는데도, 나는 전혀 할 일이 없다. 여하튼 나는 책임자도 아니니까. 제기랄. 야구장에 근무하면서 이런 지경에 빠지리라고 생각도 못 했지. 나는 열일곱 살 때부터 탄광에서 근무하다 10년 후 해고당했어. 이젠 탄광 따윈 필요 없어졌다면서 말이야. 어머니가 하도 우셔서 '이번에는 전망이 밝은 직업을 찾을게' 하고 약속했어. 그다음에 근무한 곳이 영화관이었어. 거기도 5년 있다가 해고당했어. 아무도 영화 같은 건 안 본다고 하더라. 또 어머니가 우셨어. 이번에는 마누라가 있어서 그녀까지 울었어. 그래서 나는 머리를 굴려 철공소에 근무했지. 장래성이 있다고 생각해서 말이야. 거기도 5년 있다가 해고당했어. 아무도 철 같은 건 안 쓴대. 어머니가 우시고, 마누라도 울고, 나도 조금 울었어. 그리고 이번 일이야. 나는 화가 난 게 아냐. 그러니까, 너는 네 멋대로 하면 돼. 내가 야구장에 근무한 건, 내가 무엇에 잘 맞는지 몰랐기 때문이야. 뭐, 적성이 있다면 야구 정도겠지, 하고 생각했어. 아니, 실은 어머니나 마누라가 하도 울기에 나도 모르게 '야구는 잘 맞을 것 같아'라고 말한 것뿐이지만. 그랬더니 어머니는 '선수가 될 거냐?' 하고 말하더라. 그래서 '그건 무리지만, 야구장 관리인이라면 될 수 있어'라고 대답했어. 지금 와서 생각하니 바보 같은 말을 해버렸어. 그 사람들은 반사적으로 울고 있을 뿐이야. 제대로 대답할 필요는 없었어. 사실 나는 알고 있었어. 나는 아무것에도 어울리지 않아. 나는 더 이상 해고당하고 싶지 않아. 그러니까 내가 해고할 거야. 좋은 생각이지? 이제부터 집에 돌아가서 어머니께 말씀드릴 거야. '어머니, 당신을 해고하겠습니다.' 그리고 마누라에게도 '수고했어요, 당신도 해고입니다'라고. 그리고 아들한테도 말해줘야지. '좋아, 좋아, 너도 해고야'라고. 그런 거야. 그러니까 나한테는 전혀 신경 쓰지 말아줘. 네가 좋을 대로 얼마든지 커지거라.

어찌 된 일일까? 사람을 초조하게 만드는 그 여자의 낭독 소리가 갑자기 들리지 않았다. 더구나 옆에 사람이 있는 기척도 없다. 적어도 이건 육체가 접촉하고 있는 느낌이 아니다. 나를 버리고 어디론가 가버린 것일까? 그런 터무니없는 일이. 나를 버리고 가더라도 한마디 말은 있어야 할 것 아냐. 정말로 그 여자는 가버린 것일까? 얼굴을 들어 확인하려면, 이 책에서 눈을 떼야 한다. 모처럼 여기까지 읽었는데. 중간에서 그만두면, 또 처음으로 돌아가서 다시 읽어야 한다. 나는 중간부터 다시 읽을 수 있을 정도로 재주 많은 인간이 아니니까. 어떡하면 좋을까? 우선 침착해야 하는 것이 우선이다. 서두르면 일을 망칠 수 있다. 책에는 그렇게 쓰여 있다. 읽으면서 생각하도록 하자. 그러나 아무래도 이상해. 이런 걸 마음이 여기에 없다고 하는 게 아닐까? 글자 하나하나가 클로즈업되어 눈앞에 다가오는 느낌이 든다. 한자, 한자, 히라가나, 히라가나, 히라가나, 한자, 히라가나, 한자, 한자, 한자, 히라가나, 히라가나. 아, 이래 가지곤 몇 권을 읽어도 긍지를 가지고 읽었다고 말할 수 없잖아.

"내 생각으론, 시합을 두 개나 병행하는 건 좋지 않은 것 같아. 설령, 야구 협약이라는 것에 위배되지 않더라도. 나쁜 말은 안 할 테니 현실의 시합에 전념하는 게 어때?"

"처음에는 나도 그렇게 생각했어. 그러니까 두 눈을 부라리고 어느 쪽 시합인지 확인하려고 했어. 이건 현실의 시합이야. 이건 꿈속의 시합이야. 이건 현실의 시합의 4회 초 수비인데, 투아웃, 주자 일루. 1점 차로 8번 타자야. 도루에 대비해서 중심을 오른발에 두어야 한다. 이건 꿈속 시합의 6회 초 수비인데, 노아웃, 주자 삼루. 이놈 발은 빨라. 동점이고 4번 타자야. 센터플라이라면, 홈에서 주자를 잡기 위해 중계 포인트에 재빨리 들어가야 해. 그걸 몇 번이나 반복하는 동안 나는 알았어. 꼬마야, 잘 들어. 꿈속의 시합이든 현실의 시합이든 야구를 하는 것엔 변함이 없어. 그러니까 나는 꿈속 시합에서도 결코 방심하지 않아. 내 능력의 한계까지 힘을 내고 있어."

"그러나 요전처럼 수비 위치에서 코를 크게 고는 건 곤란하지 않나? 그런 식이면 꿈속 시합에 나가기 전에 현실의 시합에 나갈 수 없게 돼."

"그 정도는 잘 알고 있어. 그러나 저쪽 시합에서는 한순간도 방심할 수 없어. 어떻게 말하면 좋을지 모르겠지만, 왠지 저쪽 시합이 이쪽보다 조금 더 수준이 높은 것 같아. 게다가 졸고 있는데 깨워주는 친절한 심판은 없어. 확실히 양쪽 다 잘하는 건 힘들어. 게다가 나도 꿈과 현실 속에서 동시에 야구를 하는 훈련은 받지 못했어. 그렇지만 말이야, 그게 어디든 야구를 할 운명이라면 나는 결코 도망치지 않을 작정이야."

"알았어. 당신이 그렇게까지 말한다면 나도 협력할게. 홀수
회에 당신이 해야 할 심판과의 수다는 내가 맡고 삼루수에게
얘기해서 당신이 걱정 없이 졸 수 있도록 해둘게. 뭐, 아주 옛날
에는 삼루와 이루 사이에 아무도 없었다고 하잖아. 옛날 사람
들이 할 수 있었던 일을 지금의 우리들이 못 하라는 법은 없지.
만일에 당신 정면으로 공이 날아오면 그때는 소리를 지를 테니
까 안심하고 자라고."

"꼬마야, 이 은혜를 어떻게 갚지?"

"괜찮아. 우린 팀원이잖아."

"있잖아." 여자가 말했다.

"뭐." 다른 여자가 대답했다.

"지금 몇 시야?"

"너 아까부터 1분마다 시간을 묻는구나."

"따분하니까."

"선수 명단이 올 때까지 참으면 돼."

"우리들 신세가 따분하기 그지없다."

"넌 뭐든지 나쁘게 생각하는구나."

"수다라도 떨자."

"뭐에 대해서?"

"뭐든지. 달리 할 일도 없고."

"그렇다면 감동에 대한 얘기는?"

"이제 감동은 빛바랬어."

"어제 선수 명단은 있는데, 그거라도 읽을래?"

"빛바랜 느낌."

"생각이 안 떠오르네."

"둘이서 선수 명단을 짜는 건 어때?"

"선수 명단이라니?"

"어떤 거라도 좋아, 선수 명단이라면. 내가 먼저 할게. 1번 유격수, '오 시바시바('~을 자주'라는 뜻-옮긴이).'"

"뭐야? 그거."

"그러니까, '오 시바시바'야. 그 말투가 좋아. 거기다 1번이고 유격수라는 느낌도 들고."

"그럼, 2번, 우익수, '라자루('~하지 않는'이라는 뜻-옮긴이).'"

"'라자루'라니?"

"있잖아, '돌아오지 않는 강'과 같은 '라자루'야. 아무리 생각해도 2번 우익수야."

"3번, 일루수, '겐케.'"

"지금 '겐케'라고 했어?"

"그래."

"'겐케'라니?"

"잘 모르겠어. 딱 한 번 무슨 책에서 읽었어. 무척 인상적인 말이지만 의미는 기억이 안 나."

"제법인데. 4번 삼루수는, '釁(제사 지낼 때 제물에 피를 묻혀 바치는 행위를 말한다-옮긴이)'으로 할래. 한자는 못 읽지만, 무척 힘세 보여서 참 좋아해."

"좋은 것 같아. 4번다워서. 이번에는 내 차례지. 5번은 중견수 '아보'야."

"꼭 이거여야 한다는 느낌이야. 상당한 팀이 될 것 같아."

"고마워, '아보'란 아마 '겐케'와 같은 의미일 거야. 그런 설명을 본 것 같아."

"드디어, 6번이구나. 타선의 중요 대목이지. 6번, 좌익수, '이니노소코메케니호케요!'"

"어디에서 숨을 쉬어야 해?"

"이건 숨쉬기 없이 꼭 단번에 읽어줬으면 해. 그렇게 안 하면 느낌이 나지 않아. 내가 초등학교 2학년 때였어. 매일 학교에서 놀림을 당하고 울면서 돌아왔어. 우연히 남동생의 공책을 보았더니, '이니노소코메케니호케요!'라고 쓰여 있었어. 그걸 소리 내어 읽었더니 눈물이 쏟아졌어. '살아갈 수 있어'라는 생각이 들었거든. 한마디도 말로 옮기지 못하지만, 가끔 남동생은 그런 선명하고 강렬한 걸 휘갈겨 써."

"굉장하구나. 나도 질 수는 없지. 7번은 이루수 '간쇼'야. 묻기 전에 말해두지만, 이것도 '겐케'와 마찬가지 의미래."

"8번 차례인데, 깜짝 놀라게 해줄게. 여기에는 투수인 '우노요'를 넣을게. 나도 아무 생각 없이 선수 명단을 읽어온 게 아냐."

"자, 이걸로 마지막. 9번 포수는 '나노요'로 할래. 어때?"

"좋은걸. '우노요'에 '나노요'라. 센스 있네, 우리들."

"그럼 소리를 맞춰서, 선수 명단을 읽어 내려가자. 준비됐지?"

"좋아, 언제라도 시작해."

"1번, 유격수, '오 시바시바.'

2번, 우익수, '라자루.'

3번, 일루수, '겐케.'

4번, 삼루수, '贇.'

5번, 중견수, '아보.'

6번, 좌익수, '이니노소코메케니호케요!'

7번, 이루수, '간쇼.'

8번, 투수, '우노요.'

9번, 포수, '나노요.'"

"있잖아."

"왜 그래?"

"기대만큼 감동적이지 않아."

"그리고 아무것도 떠오르지 않네."

"어째서일까?"

"열심히 생각했는데."

"열심히만 하면 되는 건 아니니까."

"바보 같아, 우리들."

"그것보다, 바보 그 자체야."

"어때? 이젠 핫도그는 필요 없나?"

"응. 난 안 먹을래. 나뿐 아니라 친구들도 별로 먹지 않아. 에너지 소비량이 적으니까 그렇게 먹을 필요가 없어. 그럼 안녕."

"어디 가냐?"

"백네트 뒤 소동을 좀 보러 갔다 올게."

"어차피, 큰일이 아닐 게 뻔해."

"응. 그렇지만 아빠랑 얘기해도 따분하긴 매한가지야. 시합이 시작될 쯤엔 돌아올게. 그러면 다시 부자간처럼 지내자."

"멋대로 해. 참, 아까 말하는 걸 잊어버렸는데 실은 그 케이크 여자와는 헤어졌어."

"흐응, 어째서?"

"내가 전혀 자기 얘기를 안 들어줘서 남편한테 돌아간다고 하더라."

"그렇지만 원래 남편이 전혀 얘길 안 들어줘서 아빠에게 온 게 아니었던가?"

"그랬는지도 모르지."

"아빠가 하는 일은 꽤 낭비가 많군."

"그렇군."

"아마 낭비를 좋아하나 봐."

"그럴지도 모르지."

"그럼 나 슬슬 걷다 올게. 아빠, 이번 여자는 좀 더 재미있는 사람으로 만나줘."

"알았어. 기대에 부응할 수 있을지 모르지만."

"아빠."

"뭐야."

"이렇게 관객이 많은데 다들 야구를 좋아하는 걸까?"

"모르겠어."

"나는 전혀 재미없는데."

"그래?"

"안됐지만 말이야."

"아니, 무리할 필요는 없어."

"그럼, 잠깐만 다녀올게."

"어어."

시합은 아직도 시작되지 않는다.

제
7
장

일본 야구의 행방

헬로.

친애하는 친구여.

들리나? 나는 잘 있네.

1982년에 자네에게 보낸 편지가, 돌고 돌아 겨우 자네 손에 들어갔다는 편지가, 돌고 돌아 아주 최근에 내 손에 들어왔어. 그렇다면 이 편지가 다시 자네 손에 들어가, 자네에게 답장을 받는 시점은 1992년경이라는 의미지. 아니, 끝도 없이 방황하다(자네에겐 끝이 있을지 모르겠지만) 마치 핼리혜성처럼 시속 4만 킬로미터로 우리들 곁을 떠나가는 자네니까, 이번 대답이 돌아오는 것이 21세기라고 해도 나는 놀라지 않을 걸세.

그 편지에선 자네에게 뭐라고 썼더라?

"자네 이야기는 이해를 잘 못했는데, 그건 사랑의 얘기였습니까? 혹은 형법 개악 저지의 캠페인이었습니까? 아니면 동물애호 얘기였습니까? 미안합니다. 최근에 글씨를 읽은 적이 없어서, 어떻게 판단하면 좋을지 모르겠습니다." 자네는 이렇게 답장을 보냈지. 나름대로 재미있는 얘기를 썼다고 생각했는데 실망하잖나.

그로부터 5년. 타임 앤드 타이드 웨이트 포 노 맨(Time and tide wait for no man-옮긴이). 세월은 유수와 같다. 뭐, 여러 일이 있었다는 얘기지. 위대한 작가라면 더 좋은 말을 할 테지만, 내겐 그런 재능은 없기 때문에 그런 식으로밖에 표현 못 하네. 아니, 잠깐. 더 좋은 표현은 없을까?

'백만의 사랑이 흘러, 백만의 성교가 흘렀다.'

안 되겠어, 이건. 느낌이 안 와. 너무나도 통속적이야.

'사랑은 사라져도, 야구는 남는다.'

이건 어때? 우리들한테 딱 맞잖아. '사랑은 사라져도, 야구는 남는다'라. 너무나 딱 맞아서 눈물이 다 나네. 그래그래, 꼭 써야 할 얘기가 있었어. 자네가 걱정하던 한신(한신 타이거즈. 효고현을 연고지로 둔 센트럴리그 야구팀-옮긴이) 팬인 극작가의 일이야. 1985년 한신 타이거즈의 우승이 그에게 큰 상처였음은 새삼 말할 것도 없겠지. 우승이 시시각각 현실로 되던 그 시절,

그가 이성을 잃어가던 모습은 옆에서 보기에 딱할 정도였어. 이대로 우승하면, 저놈은 죽어버릴지도 몰라. 우리들은 진심으로 걱정하고 있었어.

그가 실종된 것은 한신 타이거스가 리그 우승을 장식하기 전날이었어. 괴로운 순간을 보고 싶지 않았던 거지. 팬의 심리란 미묘한 거야. 이젠 그를 만날 일도 없겠군. 나는 그렇게 생각했네. 야구팬으로서의 직감이지. 한신 팬에게 우승 이상으로 불행한 건 없으니까.

그런데 아주 최근에 그를 만났어. 한신 타이거스가 기념할 만한 일흔여덟 번째 패배를 기록한 요코하마 스타디움에서였지. 놈은 사우샘프턴풍의 회색 플란넬 정장 위에 발렌티노 가라바니의 캐멀 헤어 코트를 걸치고 있었어. 잘은 모르겠지만, 세상에서는 그런 걸 멋쟁이 스타일이라고 말하더군. 신기하게도 신고 있던 건 리복의 검은 운동화였지만.

"야" 하고 나는 말했어. 달리 뭐라고 해야 할지 몰랐거든.

"야" 하고 한신 팬인 극작가는 온화하게 대답했어.

"건강해 보이는데."

"뭐, 그래."

"재미있나?"

"뭐가?"

나는 그라운드 쪽을 흘끗 보았어. 거기서는 야구 시합이 벌어지고 있었어. 그렇다기보다는, 야구 시합이라는 이름을 빌린 한신 타이거즈의 대학살이 일어나고 있었지.

"이거 말이야?"

나는 끄덕였어.

"글쎄. 생각하기에 따라선 재미있을지도 모르지."

한참 동안 우리는 잠자코 시합을 바라보고 있었어. 가케후가 삼루 땅볼을 몇 번 튀겨 받고, 오카다가 병살타를 치려고 초조하게 굴다가 공을 가랑이 사이로 빠뜨리고, 전염된 것처럼 기도가 포수 플라이를 두 번이나 계속해 놓쳤어. 왼손 타자에 강한 투수 후쿠마가 다카기, 가토 두 명의 왼손 타자에게 연속해서 이루타를 맞고, 대신 등판한 나카니시는 폰세한테 백스크린 쪽으로 홈런을 맞았어. 삼루 베이스를 돌아오는 건 언제나 다이요 웨일스 선수뿐이고, 한신 타이거즈 선수들은 일루 베이스조차 도달하지 못하고 차례차례 쓰러져갔지.

"그렇지 않더라도." 속삭이듯이 그는 말했어. "이것 또한 야구임에는 틀림없어."

나카니시에 이어서 미코시바가 불덩이가 되고, 구도가 쌓인 주자를 일소하기 위해 등장했지만(가타히라의 스리런 홈런) 도리어 다시로에게 홈런을 허용했다. 참다못한 요시다 감독이 구원투수로 이토를 내보냈지. 그는 칠 마음이 없는 와카나에게 스트레이트로 사구를 준 것도 모자라, 컨트롤이 있는 걸 보여주려다가 다이몬이 터무니없이 휘두른 방망이의 심지를 향해 직구를 던져 넣고, 전진 수비하던 사노의 머리를 넘는 이루타를 얻어맞았어. 타순은 1번인 다카기에게 돌아갔지. 그 이닝에서 3회째의 타석이었어. 이제 다섯 명이 더 주자로 나가면 다시로는 그 이닝에서 네 번째 타석에 들어가야 해. 괴로운 건 한신 타이거즈만이 아니라는 뜻이야. 나이 든 이에게 한 이닝에 네 번째 타석은 힘에 부치니까 말이야. 포수인 기도가 사인을 보냈어. 이토는 머리를 흔들었어. 기도가 사인을 다시 보냈어. 또 이토는 머리를 흔들었어. 다시 한번 기도가 사인을 보냈어. 그러나 이토는 이번에도 머리를 흔들었지. 기도는 느릿느릿 투수 마운드까지 걸어갔어. 나는 후지산케이 그룹 계열의 디노스 홈쇼핑에서 산 관찰용 망원경의 배율을 최대로 높여, 이토의 입가를 들여다보았어. "안 보여"라고 이토는 말하고 있었어. "눈물이 멈추지 않아서 네 사인이 안 보여."

"벌이야." 한신 팬인 극작가는 말했어. "그렇지만, 이건 명예로운 징벌이야."

"벌? 무슨?" 나는 물었어.

"우승하지 않은 것에 대한."

"우승하지 않았다니?"

"1985년의 한신 타이거스 말이야."

"우승했을 거야, 아마. 내 기억에 틀림이 없다면."(한신 타이거스는 1985년 일본시리즈에서 우승했다-옮긴이)

"누구에게나 잘못은 있어." 한신 팬인 극작가는 내 어깨에 손을 얹으며 부드러운 목소리로 그렇게 속삭였어. "신경 쓸 건 없어."

"하지만." 나는 말했어. "역시 우승한 것 같은 기분이 드는데. 뭐, 잘못 알았는지도 모르지만."

"잘못 안 걸 거야." 확신을 가지고 한신 팬인 극작가는 말했어. "가슴에 손을 얹고, 잘 생각해봐."

그가 말한 대로, 나는 가슴에 손을 얹고 1985년의 시즌을 되돌아보았어.

"어때?" 한신 팬인 극작가는 진지한 눈빛으로 나를 바라보았어. "생각났니?"

"서두르지 마. 지금 생각해내는 중이니까."

나는 기억의 밑바닥을 열심히 살폈어. 오래 알고 지낸 친구를 실망시키고 싶지 않았기 때문이야. 그러나 내가 생각해낸 것은 한신 타이거스가 압도적인 강세를 보였던 1985년의 시즌이었어.

"기억을 잘 못하겠어." 나는 변명했어. "요즘 건망증이 심해져서 말이야. 2년이나 지나면 기억도 흐릿해져."

한신 팬인 극작가는 빙그레 웃었어.

"그럼, 내가 조용히 가르쳐줄게. 1985년에 무슨 일이 있었는지 말이야."

이렇게 해서, 나는 한신 팬인 극작가에게 한신 타이거스가 우승하지 않았던 1985년의 시즌에 대해 배우게 되었어. 그의 말에 따르면 우리들은 '한신 타이거스가 우승을 했다'라는 이데올로기의 지배하에 있었다는 거야.

"자네를 추궁하는 게 아냐. 나는 자네의 선의를 의심하지 않아. 그렇지만 나는 한신 타이거스의 팬이야. 한신 타이거스가 우승했다는 터무니없는 말에 휘둘리는 인간이 아니야. 알겠지?"

"모르겠는데." 나는 솔직하게 대답했어. "자네가 한신 타이거스의 팬인 것과, 1985년 한신 타이거스가 우승했다는 터무니없는 말에 휘둘리지 않는다는 것 사이에 어떤 관계가 있는지 난 모르겠어."

한신 팬인 극작가는 나를 바라보았어.

"한신 팬은 한신 타이거스를 사랑해. 그렇지만 그와 똑같이 야구도 사랑한단 말이지."

　친애하는 친구여. 아무리 나라도 마음속에서 이렇게 외치지 않을 수가 없었어―그건 말도 안 돼, 자네, 그런 말은 있을 수가 없다고 생각하네, 정말로.

＊ ＊ ＊

　왠지 이상한 느낌이 들기 시작했다. 스탠드를 가득 채운 팬들의 열광이 고조될수록, 그 이상한 느낌은 강해져갔다.

　"확실히 매일 아침 스포츠 신문을 보는 즐거움이 있었어. 그렇지만, 그건 시즌 중반까지의 일이야." 마유미 아키노부(전 한신 타이거즈 선수이자 감독-옮긴이)는 고백했다. "'맹호, 거인을 산산조각 내다(맹호는 한신 타이거즈, 거인은 요미우리 자이언츠를 일컫는다-옮긴이)'라고 쓰여 있었어. 그걸 보면, 우리들도 나쁘지 않군, 하는 마음이 들었어. 언제까지나 '산산조각'만 당하는 건 싫었으니까. 이번에는 우리들 차례라는 거지. 그러자 다음 날에는 '맹호, 거인을 철저히 섬멸'이라고 나와. 무의식중에 웃음이 나와. 선두 타자 홈런도 쳤고, 더할 나위 없었지. 한 게임 정도 져도 상관없어. 그렇잖아? 그렇지만, 이상하게도 그럴 때는 지지 않아. '맹호, 거인의 숨통을 막다'라는 제목. 타자석에 들어서자, 상대 투수가 두려워하는 걸 알 수 있었어. 어떻게든 코너에 꽉 차게 던지려고 하는데, 슬프게도 모든 공이 내가 좋아하는 가운데 높은 쪽으로 날아와. 투수가 공을 던지며 아차 실수했다, 하는 표정을 짓는 걸 봤어. 할 수 없지. '안됐지만, 치겠어.' 포수에게 일단은 그렇게 변명하곤 방망이를 휘둘러. 하나 해치운 거지. 어쩐 일인지 공도 잘 날아갔어. 피칭머신으로 치는 것보다 간단해. 그러면, 다음 날 표제에는 이렇게 나와. '기타벳푸, 빈사 상태'라고. 이런 상황이 반년이나 계속됐어.

'맹호, 히로시마(히로시마 도요 카프. 히로시마현을 연고지로 둔 센트럴리그의 야구팀-옮긴이)를 단칼에 베다.'

'맹호, 잉어(히로시마 도요 카프의 상징-옮긴이)를 단숨에 삼키다.'

'맹호, 붉은 헬멧(히로시마 도요 카프의 별칭-옮긴이)을 피바다에 가라앉히다.'

'맹호, 주니치(주니치 드래건스. 나고야를 연고지로 둔 센트럴리그의 야구팀-옮긴이)를 물어 찢다.'

'맹호, 주니치에게 사형선고.'

'맹호, 우는 용을 짓밟다.'

'맹호, 고래(다이요 웨일스의 상징-옮긴이)를 태평양의 물고기 밥으로.'

'맹호, 고래를 싹둑 썰다.'

'맹호, 고래를 장사 지내다.'

'맹호 야쿠르트를 철저히 때려눕히다.'

'맹호, 야쿠르트를 반신불수로.'

'맹호, 야쿠르트를 안락사하다.'

잠깐 기다려봐. 그런 생각이 들었어. 육감이 움직였지. 프로
의 육감이야. 뭔가 이상하지 않나, 마유미 군. 나는 찬찬히 내
손을 보았어. 그날 레프트와 센터, 라이트 스탠드에 각각 하나
씩 홈런을 날려버린 손이야. 나고야 구장에서도, 니시노미야
구장의 러키존(홈에서 가장 거리가 짧은, 외야의 좌우 펜스 바로 뒤
쪽 지역-옮긴이) 안도 아니야. 거기가 중요한 포인트였어. 고시
엔 구장의 스탠드 말이야. 나에겐 확실히 보였어. 끈적끈적하게
손에 묻은 야쿠르트 투수들의 피가. 나는 마땅히 프로야구 선
수여야 해. 맥베스가 아니야."

"일본인 팬들은 우리에게 뭘 요구하는 것일까? 나는 랜디
(랜디 바스. 전 한신 타이거즈 선수로 1985년 MVP였다-옮긴이)에게
곧잘 질문했어."

리치 게일(전 요미우리 자이언츠 선수-옮긴이)은 철학자 같은
풍모 그대로 사려 깊게 말했다.

"'랜디, 스탠드의 팬들은 무슨 말을 하는 거야?'

'자이언츠·따윈 모두 죽여버려. 그렇게 말하고 있는 거야, 리치.'

'랜디, 저기에 앉은 점잖은 백발의 신사는 뭐라고 하는 거야?'

'웨일스 따윈 입은 옷을 다 벗겨서 도톤보리에 떨어뜨려버려. 그렇게 말하고 있어, 리치.'

'랜디, 백네트 뒤의 저 미니스커트를 입은 아가씨는 뭐라고 하는 거야?'

'야쿠르트 하바리들은 한 사람도 살려 보내지 마. 그렇게 말하고 있는 거야, 리치. 확 덮쳐 눌러놓고, 코에다가 야쿠르트를 찔러 넣어버리라고 말이야.'

'그럼, 랜디. 선수 대기석 바로 위에 자리 잡은 노란 핫피(직공이나 장인들이 입던 통소매로 된 일본식 웃옷. 한신 타이거즈 팬들은 노란색 핫피를 응원복으로 맞춰 입었다-옮긴이)를 입은 네 살짜리 꼬마는 뭐라고 하는 거야? 아무래도 날 응원해주는 것 같은데.'

'리치, 내가 하는 말이 아니다. 저 꼬마 말이야. 저 건방진 검둥이 머리를 박아버려, 여기가 어딘지 알게 해줘야 해, 하고 말하는 거야.'

'랜디, 난 모르겠어. 그런 게 사무라이 야구인가? 마치 투우장에서 공을 던지는 것 같아. 그래, 또 하나 물어볼 게 있어.'

'뭐야, 리치.'

'저 팬들은 응원에만 열중하고 시합은 별로 보고 있지 않은 것 같은데, 내 기우일까?'

'리치, 네 말대로야. 아무도 시합 같은 건 보고 있지 않아. 시합 경과는 집에 돌아가서 '프로야구 뉴스'를 보면 알 수 있거든. 모두 응원하러 나온 거야.'"

"그러는 중에 선수들은 야구에 대한 정열을 잃어버리기 시작했어." 당시를 돌아보며, 배팅 코치였던 나미키 데루오는 이렇게 말했다. "누구에게나 컨디션이 좋다가도 나빠지는 사이클은 있게 마련이야. 그렇지만 그때는 달랐어. 구단 창설 이래 경기 실적은 최고였는데도 선수들은 한 명도 남김없이 야구를 그만두고 싶어 했어. 팀 타율은 3할을 넘어갔어. 모든 선수가 제 좋을 대로 공을 날려 보내고 있었지. 차마 눈 뜨고 볼 수 없을 정도의 폼이었지만 공은 야수의 머리를 넘어 날아갔지. 배팅 코치가 나설 자리가 없었어. 내 일은 선수들의 고민을 들어주는 것뿐이었지.

세 시합 연속 대타 홈런을 친 가와토 고조(전 한신 타이거스 선수-옮긴이)가 내야를 한 바퀴 돌고 벤치에 돌아오자마자 이렇게 말했어.

'오늘부로 은퇴할 거야. 말리지 말아줘.'

'침착해. 뭐가 불만이야?'

'잘 모르겠어. 불만이 있을 리가 없는데 계속 이상한 느낌이들어. 고마쓰의 눈을 보았나? 나도 오랫동안 야구를 해왔지만, 저렇게 어두운 눈을 본 건 처음이야. 오싹해. 자기 어머니가 강간당했다고 해도 저런 눈은 하지 않을 거야. 평생 꿈속에 나올것 같아. 내가 어쨌다는 거야? 홈런을 치는 게 죄인가? 오늘 홈런을 친 건 나만이 아냐. 이번 회만 해도 벌써 홈런이 세 번째야. 오카다는 삼루타, 기도는 이루타. 내 건 그냥 솔로 홈런이잖아? 그런데 어째서 저런 눈으로 보는 거야? 전혀 모르겠어. 바로 요전까지는 이기든 지든 즐겁게 야구를 할 수 있었는데 이상하잖아. 낮에 그라운드에 들어와 달리면서 무엇을 생각하는지 알아? 빨리 집에 돌아가 이불 속에 들어가고 싶다는 생각뿐이야. 난 어려운 얘긴 잘 모르겠지만, 그런 눈으로 볼 이유는 없다고 생각해. 심지어 방망이가 납으로 된 것처럼 무거워. 이런식이라면 자동차 정비공이 되는 게 나을 뻔했어.'

어떻게 위로하면 좋을지 나로선 알 수 없었어. 그대로 전광판을 멍하니 바라보고 있는데, 피칭 코치인 요네다가 내 옆에앉아 초췌한 얼굴로 중얼거리듯 말했어.

'어떡하지. 아무도 마운드에 오르려고 하지 않아.'

'조금 전까지 이케다가 던지고 있었잖아.'

'더 이상 마운드에 오르고 싶지 않다고 훌쩍거리고 있어. 5회까지 13안타로 8점이나 뺏겼으니까, 이젠 바꿔달래. 커브는 전혀 휘지 않고, 스트레이트는 전혀 속도가 안 나. 기도에게 물어봐주세요. 내 스트레이트는 커브 정도의 속도밖에 나오지 않고, 커브는 스트레이트 정도밖에 휘지 않아. 현미경으로 보지 않으면 휘었는지조차 알 수 없어. 토성이나 목성처럼 중력이 약한 곳이라면 조금은 휠지도 모르지만, 지구에선 통하지 않는대. 그래서 말해주었지. 걱정하지 마. 우리 타선이라면 그 세 배는 잡아줄 거야. 그랬더니 그게 싫다는군. 아무리 얻어맞아도 질 염려가 없다니 자존심이 허락하지 않는대. 무슨 일이 있어도 마운드에 올릴 생각이라면 다른 팀과 트레이드해달라는 거야. 사치스런 고민이지.'

'그렇군'이라고 나는 말했어. 사치스러운 고민이잖아.''

* * *

"과연 그렇군"이라고 나는 말했다. "한신 타이거스 선수들이 그렇게까지 고민하고 있었다니 몰랐어."

"문제는 그거야." 한신 팬인 극작가는 깊은 고뇌에 찬 목소리로 중얼거렸다. "팬들은 아무것도 몰랐어. 적어도 밖에서 바라봤을 때는 모든 게 잘 되어가는 듯했어. 20년 만의 우승은 눈앞에 다가오고 있었지. 그렇지만 매직넘버(1위 팀이 우승하기 위해 필요한 승수-옮긴이)가 줄어들 때마다 그들의 스트레스는 늘어갔어. 그리고 매직넘버가 1이 되었을 때, 그들은 겨우 깨달았던 거야. 우리들이 하고 있는 것은 야구가 아니다. 확실히 야구를 많이 닮았고, 규칙도 거의 같고, 방망이나 글러브나 로진백(야구에서 공이 미끄러지는 것을 방지하기 위하여 손에 바르는 송진가루를 넣은 주머니-옮긴이)이나 통증을 가라앉히는 스프레이를 쓴다는 공통점도 있고, 공의 크기와 재질이 완전히 똑같다고 해도 상관없어. 그러나 그건 야구가 아니었던 거야."

* * *

그 이변을 처음 알아차린 건, 오랜만에 좌익수 포지션을 맡은 히로타 스미오(전 한신 타이거즈 선수-옮긴이)였다. 히로타가 수비 위치에 서 있던 7분 동안, 야마모토, 기누가사, 나가시마가 친 세 개의 홈런이 머리 위로 지나갔다. 그러나 그 자리를 바로 이전까지 지키고 있던 야마모토의 머리 위로 이미 일곱 개의 홈런이 지나간 뒤였다. 나카니시, 마유미, 바스, 기케후,

오카다, 사노 그리고 나카니시가 또 한 번 날린 홈런이었다.

수비 위치를 향해서 달려가는 도중, 야마모토가 히로타에게 말을 걸었다.

"내가 알 수 있도록 설명해줘." 머리를 흔들면서 야마모토는 말했다. "어떻게 너희 투수는 한 이닝에 홈런을 두 개나 칠 수 있는 거야?"

"나는 안 쳤어요." 조용히 히로타는 말했다.

"그 말론 설명이 안 돼. 내가 보기에 너희들이 하는 야구는 말할 가치도 없어."

"미안합니다." 고개를 수그린 채로 히로타는 대답했다.

"뭐, 괜찮아. 어쨌든 좌익수 포지션에 서서 그라운드에 무슨 일이 일어나고 있는지 찬찬히 봐. 좌익수는 사물을 가장 객관적으로 바라볼 수 있는 곳이니까."

좌익수 포지션에 선 히로타는 처음으로 그라운드에 무슨 일이 일어나고 있는지 깨달았다. 그 이닝의 수비가 끝나자, 히로타는 몽유병자처럼 선수 대기석에 돌아가 그대로 정신을 잃고 쓰러졌다.

"어떻게 된 거야." 수비 담당 코치인 이치에다 슈헤이(전 한신 타이거즈 코치-옮긴이)가 히로타의 얼굴을 차가운 타월로 닦으면서 말했다. "

"무서워. 굉장히 무서워."

"괜찮아, 괜찮아." 이치에다는 히로타의 땀과 눈물로 젖은 얼굴을 다시 한번 정성스레 닦아주었다.

"역시 그랬군" 하고 가케후 마사유키는 말했다. "난 벌써 알아차리고 있었어, 랜디. 개막하자마자 마키하라에게서 백스크린 쪽의 홈런을 뺏은 적이 있지? 처음에는 기뻤지. 이건 좋은 징조라고. 그렇지만 집에 돌아가서 찬찬히 생각해보았어. 최고의 공을 최악의 방법으로 친 게 아닐까, 하고 비디오를 돌려보았어. 돼먹지 않았더군. 그런 폼으로 어떻게 방망이에 공을 맞히는지 짐작도 할 수 없었어. 결과가 좋으면 만사 오케이라고 생각하는 건 아마추어야. 물론 컨디션이 좋을 때는 자연스럽게 몸이 움직여주지. 그런데 아무래도 그것과 달라. 그날부터야. 모든 게 잘못되기 시작한 건. 도대체, 스스로 뭘 하고 있는지 모르겠는 거야. 내가 수비 위치에서 뭘 하고 있는지 아나? 생각이야. 눈앞에 희고 둥근 것이 돌면서 날아온다. 이게 뭐야? 공하고 똑같잖아. 요 몇 시합인가 연달아 에러를 냈지? 실은 그 공하고 꼭 닮은 둥근 것을 관찰하고 있었어. 히로타도 괜히 맘을 먹어온 게 아니구나, 하고 생각했어. 그때. 있잖아, 랜디. 어떤 나쁜 놈이 우리들에게 야구를 훔쳐서 꼭 닮은 가짜를 두고 갔다면 어떻게 할래? 그렇다면 모두 설명이 되지 않겠나?"

"오케이. 그 의견에는 나도 찬성이야. 나도 오해하고 있었어. 이게 일본식 야구라고. 모두가 나와 마찬가지로 느끼고 있었다니 생각도 못했어. 그렇다면, 문제는 주제를 모르는 나쁜 놈이구나. 야구 대신 똑같이 생긴 가짜를 놓고 가는 그런 '선 오브 비치'는 내가 한 방 먹여줄게."

"랜디, 그 주제를 모르는 나쁜 자식들은 요컨대 우리들이야."

"더블플레이(병살타. 연속된 플레이로 공격 측 주자 두 명을 한꺼번에 아웃시키는 협동 플레이-옮긴이)를 좋아하게 된 건 유치원 때야." 유격수를 맡고 있는 히라타 가쓰오가 진지하게 말했다.

"텔레비전에서 우리 감독이 더블플레이를 하는 걸 본 이후부터야. 감독이 유격수였고, 가마타가 이루수였어. 그렇게 감동적인 장면은 본 적이 없어. 야구를 하게 된 건 프로 리그에 들어와 더블플레이를 하기 위해서야. 물론, 나는 중견수나 투수를 무척 존경하고, 그들이 없으면 시합을 할 수 없다는 것도 잘 알아. 하지만, 야구에서 가장 스릴 있는 장면은 유격수가 더블플레이를 하는 거야. 이루수는 본 적 없지만 그 기분이라면 알 것 같아. 뭐니 뭐니 해도 더블플레이를 할 때의 동지니까. 공이 굴러와서 더블플레이가 완성되기까지 유격수가 해야 할 일은 대충 세어봐도 1200가지는 돼. 심심할 리가 없지. 어느 더블플레이나 신선하니까. 특히, 공을 잡고 이루로 달려오는 오카다와 주자를 보면서 드로잉하는 순간은 오싹오싹해. 여자보다 훨씬 자극적인 데다 훨씬 복잡하지. 실은, 시즌이 시작되기 전부터 징조는 있었어. 이루 베이스 위에 연한 막 같은 것이 쳐진 느낌이 드는 거야. 지금 생각하니, 그게 징조였어. 5월에 11연승을 했을 때에는 이미 알고 있었어. 더블플레이 순간이 되어도 아무것도 보이지도 들리지도 않았거든. 유격수를 지켜보지 않았다면 이해 못 할지도 모르겠지만, 그 순간에는 여러 가지가 보이거나 들려. 설명해줄 수 있으면 좋겠지만 나에겐 무리야. 그렇지만 그건 작년까지의 일이야. 지금은 암흑 속을 지키는 거나 다름없어. 공이 오면 글러브를 내밀고 오카다를 본다. 그런데 말이야, 거기에 있어야 할 오카다도, 주자도 안 보이는 거야. 할 수 없이 숫자를 센다. 하나, 둘. 그리고 짐작으로 던진다. 벤치에 돌아오자 코치가 '훌륭한 더블플레이였어' 하고 말했어. 분명 나는 아무것도 보고 있지 않았어. 그 더블플레이에 나는 참가하고 있지 않았어. 스포츠 뉴스를 보니 확실히 나는 더블플레이를 한 것 같아. 도대체 어떻게 된 걸까? 오카다는 '더블플레이에는 여러 가지가 반영된다'라고 말했어. 이루 쪽에서 보는 더블플레이도 상당히 복잡한 것 같더군. 오카다가 말하길, 지금도 내 모습이 보이지만 왠지 유령 같다는 거야. 줄곧 내가 오카다를 보고 있대. 깜짝 놀랐어. '부탁이니까 그런 눈으로 보지 말아줘'라고 하잖아. '너한테 뭘 했다는 거야?'라고 말이야."

* * *

짧게 말하지. 이제 우승하기까지 매직넘버 1만 남아 있던 시점에서 한신 타이거스가 실종된 이유는 지금 내가 얘기한 대로야. 야구를 잃어버린 우리들에게 우승할 권리는 없다. 그런 이유야. 훌륭한 프로 근성이 아닌가. 고시엔 구장에 집합한 한신 타이거스 선수들은 재회를 기약하면서, 내리기 시작한 빗속으로 하나둘씩 사라져갔어.

* * *

글러브와 공 그리고 규정집과 속옷만 담은 가방을 들고, 팀의 최연장 투수인 마흔여덟 살의 노무라 오사무(구단 간의 트레이드를 거듭한 끝에 일본 프로야구사상 최초로 12개 구단에서 일본시리즈 승리를 경험했다-옮긴이)는 야구장 입구에 서 있었다. 이번 시즌을 끝으로 그는 은퇴한다. 시즌이 시작되기 전부터 마음먹고 있던 만큼, 길었던 야구 생활의 마지막을 본의 아닌 형태로 마감하는 것만은 어떻게든 피하고 싶었다. "재수 없어"라고 노무라는 중얼거렸다.

다이요, 롯데, 일본 햄 또 다이요. 매번 이런 식으로 여러 팀을 돌아다녔지만 그는 아직 우승의 기쁨을 몰랐다.

40년 야구 생활의 9회 말, 겨우 잡은 우승의 기회가 눈앞에서 도망가는 것을 손 놓고 보는 일은 괴로웠다. 그래도 할 수 없지, 하고 그는 생각했다. 어쨌든 개막 직후인 4월에는 다섯 번 등판하여 열네 명의 타자와 대전했고, 사구가 셋, 데드볼이 하나, 안타가 넷, 이루타가 둘, 삼루타가 하나, 홈런이 셋이었다. 한 사람도 아웃을 못 시켜서 방어율이 제로에 가까웠다. 5월에 이르러서야 방어율을 계산할 수 있게 되었고, 6월이 끝날 즈음에는 두 단위로 내려갔다.

매직넘버가 1이 되었을 때, 그의 방어율은 28.5퍼센트였지만 성적은 9승 0패였다. 20년이 지나, 손자가 방어율과 성적의 관계를 물으면 어떻게 대답하면 될까? 생각에 잠기는 시간이 눈에 띄게 잦아지면서 술의 양이 늘고, 이틀에 한 번은 한밤중에 큰 소리를 내며 잠에서 깨어나기 일쑤였다.

"여보, 무슨 일이에요? 나쁜 꿈이라도 꾸셨어요?"

"어." 아내가 이마에 맺힌 비지땀을 닦아주는 동안 그는 깊은 한숨을 쉬었다.

"10퍼센트를 넘으면 더 이상 방어율이라고 할 수 없어. 누구도 입 밖에 내지 않지만, 이젠 내가 프로 투수라고 말할 수준이 아니라는 건 알 수 있어. 내가 공을 던지면, 백네트 뒤에 있는 기록 요원이 '공이 도착했을 때쯤 깨워줘'라고 해. '단 노 바운드로 포수에게까지 다다른 놈만이야.' 그런데도 이대로라면 우승이 결정되는 시합에서 두 이닝 던지고 10승을 기록하게 될 거야. 방어율이 30퍼센트를 넘지만 승률은 1위인 투수가 되는 거지. 도대체 나는 어떤 얼굴로 표창장을 받으면 되나?"

"자, 진정하고." 아내는 말했다. '그렇다면 그것도 좋잖아' 하고 그녀는 생각했다. 경로의 날 선물이라고 여기면 될 텐데.

억수같이 내리는 빗속을 뚫고 그는 버스 정류장까지 걸어갔다. 야구를 찾는 여행의 시작이었다. 버스 정류장에 도착한 그는 자신을 야구로 데려다줄 버스가 오기를 기다렸다.

하지만 그가 기다리는 버스는 오지 않았다. 열다섯 번째 버스가 정류장에 도착했을 때, 그는 견딜 수 없다는 듯 기사에게 말을 걸었다.

"야구행 버스는 언제 옵니까?"

"타." 조용히 기사는 말했다.

다음 버스 정류장에 도착하자 탔을 때와 똑같이 기사는 조용한 목소리로 "내려" 하고 말했다. "내리면, 끝까지 똑바로 걸어가는 거야. 알았지?"

그는 들은 대로 끝까지 똑바로 걸어갔다. 한참을 가던 그는 메가폰을 잡은 관리인에게 제지당했다.

"번호판은 받았어?"

"아뇨."

"그럼, 저쪽 접수대에서 번호표를 받아 가슴에 달고 대기실에서 기다려주세요."

그는 시키는 대로 가슴에 번호판을 달고 대기실로 향했다. 대기실에는 유니폼이나 체조복을 입은 남자들이 많이 있었는데, 저마다 방망이를 휘두르거나 달리기를 하고 있었다. 하나같이 묘한 광경이었다. 프로 생활 25년 차의 감이다. 그는 남자들에게 갔다.

남자들은 모두 노인이었다. 그중에는 방망이를 어깨 위에 올리는 것만으로도 숨을 헐떡이는 노인도 있었다. 대여섯 걸음 달리다 쉬고 있는 노인도 있었다. 혼자서는 유니폼을 갈아입을 수 없어서 간호사의 도움을 받는 노인도 있었다. 나무 벤치에 누워 가만히 눈을 감은 노인은 아무리 봐도 살아 있는 것 같지 않았다. 주변을 휙 둘러보니 평균 연령은 79세 정도로 추정됐다. 그는 글러브에 기름을 바르고 있는 노인에게 정중한 어조로 물어보았다.

"실례합니다. 여기는 뭐하는 덴가요?"

노인은 보청기의 이어폰을 귀에 댔다.

"다시 한번 말해줘."

"여기는 뭐하는 장소입니까?"

"한신 타이거스의 신인 테스트를 하는 장소야." 노인은 입을 웅얼웅얼하면서 말했다. "선수가 한 명도 남지 않고 없어졌기 때문에 긴급 모집한 거지. 그렇지만 꽤 어려워. 아까 들은 얘기로는, 100미터 달리기 40초 이내, 멀리 던지기 20미터 이상이 합격선이었는데, 내 예상으로는 조금 더 내려갈 것 같아. 나는 아슬아슬해. 평소 같으면 3구 중 1구는 포수까지 닿지만, 오늘은 긴장한 탓인지 아직 1구도 닿지 않아. 그렇지만 이런 판이니 과한 요구는 안 할 거야. 땅볼이라도 괜찮다면 대개는 중간에서 분실하지 않고 포수 있는 데까지 도착할 거야. 당신도 알겠지만 야구는 경험으로 보여주는 스포츠니까. 나는 쇼와 16년에 '쇼치쿠'라는 팀에서 구원투수로 온 적이 있어. 그건 이력서에도 써놓았지. 눈앞에 날아온 땅볼을 글러브로 잡아 어디에 던져야 하는지도 알고 있어. 심사하는 사람들의 눈도 장님은 아닐 게 아닌가. 그리고 나는 실전에 대한 감도 떨어지지 않았어. 우리 양로원 팀은 한 달에 두 번 꼴로 제대로 된 시합도 하고 있으니까. 지난주에는 맹아학교 팀과 겨뤄 8 대 12로 졌는데, 그쪽은 평균 연령이 스물한 살이었으니 할 수 없었지. 변명 같은 건 안 해. 진 건 진 거니까."

그는 노인에게 고맙다고 말하고는 가방을 열어 글러브와 공을 꺼냈다. 일제히 시선이 그에게 집중됐다.

"저놈은 꽤 하겠는데."

"젊은 것뿐이야."

꺼끌꺼끌한 콘크리트 벽을 향해서 그는 낮게 허리를 숙였다.

"폼 하나는 일류구먼."

"어, 폼만."

아주 잠시였지만, 노무라 오사무는 야구에 가까이 가고 있다고 느꼈다. 그건 아주 가까이, 손을 뻗으면 닿을 곳에 있었다. 훨씬 나중이 되어서야, 그는 이때의 일을 생각해냈다. 그 기억 속에서는 그것이 튕겨내는 물보라조차 느낄 수 있었던 것이다. "아아." 소리라고 할 수 없을 정도로 작은 소리가 그의 목에서 새어 나왔다. 그는 크게 폼을 잡아 벽을 향해 공을 던졌다.

"그저 그렇군."

"응. 젊은 게 유일한 장점이군."

남자는 찬찬히 그의 얼굴을 바라보았다.

"한신 타이거스의 오카다를 닮았다고 안 하던가?"

"네" 하고 그는 대답했다.

"뭐, 우리 일에 얼굴은 중요하지 않아. 누구랑 닮아도 상관없지만 말이야. 그래그래, 일 말인데, 꽤 바빠. 오늘부터 시작하면 좋겠어. 처음엔 어떻게 해야 할지 모르겠지만 곧 익숙해질 거야."

오카다 아키노부에게 포르노 비디오 남자 배우가 되는 게 제일 좋을 거라고 말한 건 배팅 코치인 다케노우치 마사시였다.

"사와무라나 스탈힌(러시아 태생의 망명자로, 일본 프로야구 여명기의 대투수-옮긴이)이나 고즈루와 같은 대선수는 모두 포르노 영화에 출연한 적이 있대." 모르몬교 목사가 되기로 결심한 다케노우치는 진로를 고민하던 오카다에게 그렇게 충고했다.

"어떤 책에도 나오진 않지만, 아주 옛날에 한신의 감독이었던 후지모토 사다요시 씨한테 배웠어. 슬럼프로 고민하던 때였어. 심한 슬럼프라서 말이야. 이젠 평생 안타는 못 치는 게 아닌가 하고 진지하게 고민하던 중이었어. 그랬더니, 후지모토 씨가 '어떻게 해도 칠 수 없다면, 포르노 영화에 출연해봐'라고 말씀하신 것 같아. 직접 들은 건 아냐. 그게 나한테 남긴 유언이었어. 마지막까지 마음을 써주셨던 거야. 기뻤어. 다행히 슬럼프에서 탈출할 수 있었기 때문에 포르노 영화에는 출연하지 않았지만, 그때 포르노 영화에 출연했더라면 더 굉장한 타자가 되었을지도 몰라. 듣자 하니 포르노 영화는 야구에 좋은 영향을 준다고 하니까. 뭐, 사실인지는 나도 딱히 알 수 없어. 그런 얘기도 있다는 거야."

그는 코치에게 고맙다고 말하고 그 길로 포르노 비디오 제작 회사를 찾아갔다. 아주 작은 회사였다. 전문 배우는 출연료가 비싸서 쓸 수 없기 때문에, 중학교 3학년과 1학년인 사장 딸과 마흔다섯 살인 사장 부인이 교대로—때로는 함께—포르노 배우로 일하고 있었다. 중학교 3학년과 1학년은 대부분의 역할을 소화했지만, 마흔다섯 살인 부인은 여고생 역할밖에 할 수 없었다.

첫 비디오의 제목은 〈항문으로 괜찮고말고〉였다. 그는 감독(이건 사장이 하고 있었다)의 지시대로 마흔다섯 살 여고생의 얼굴과 두 개의 유방 사이 그리고 항문 안에 사정했다.

"당신, 여자를 다루는 솜씨가 좋네요." 마흔다섯 살의 여고생이 말했다.

"네."

"색골."

그는 회사의 창고에서 먹고 자며, 매일 두 편씩 포르노를 찍고 그때마다 얼굴이나 항문에 사정했다. 마흔다섯 살의 여고생은 유방은 컸지만 몹시 추했고, 중학생 자매는 성교하는 동안 내리 웃고 있어서 정신이 산만해 견딜 수 없었다. 요컨대, 그 여배우들은 성교에 어울리지 않았던 것이다. 그는 자기가 상대하고 있는 건 여자가 아니라 더블플레이라고 생각하기로 했다. 이상적인 더블플레이다. 그제야 그의 성기는 제대로 기능하게 되었다.

촬영이 끝나면 그는 일기를 썼다. 혼자서 조용히 식사를 하고 그대로 창고 바닥에서 잤다. 일기를 쓰는 것은 야구 선수로서의 소양이었다.

"11월 1일.

〈구전 외설죄〉—입……1. 얼굴……1. 항문(밖)……1.

〈이성을 잃고 맘보〉—입……1. 얼굴……1. 항문(안)……1.

11월 2일.

〈절정의 역습〉—입……1. 얼굴……1. 가슴……1.

〈음란 단자의 띠를 풀어줘〉—입……1. 얼굴……1. 귀…… 1.

11월 3일.

〈SM 여고생 매뉴얼 1〉—코……1. 겨드랑이 밑……1. 손바닥……1.

〈선생님, 범해줘서 고마워요〉—입……2. 항문(안)……1. 카메라……1.

11월 4일.

〈러브 주스 100퍼센트〉—얼굴……4.

〈그것은 키스로 시작됐다〉—얼굴……4.

11월 5일.

〈부디 먼저 파트 2〉—등……1. 발바닥……1. 봉제 인형……1.

〈비정상 수도원〉—슬리퍼……1. 칫솔……1. 십자가……1."

한밤중이 되자 중학생 자매 중 한 명이 그가 있는 곳으로 숨어 들어왔다. 때로는 마흔다섯 살의 여고생이 중학생 교복을 입고 숨어 들어온 적도 있었다.

"어, 가슴이 갑자기 커진 것 같군"이라고 그는 말했다.

"성장기잖아." 마흔다섯 살의 고등학생은 말했다.

"11월 6일.

언니—얼굴……1.

45살—교복……1."

중학생과 마흔다섯 살의 고등학생이 가고 그 일을 일기에 적는다. 이번에는 정말로 잘 차례였다. 잠이 오지 않아 그는 자신이 출연했던 포르노 비디오를 떠올리기로 했다. 그 비디오는 누가 보는 걸까? 하고 그는 생각했다. 리틀 리그의 소년들이 보고 플레이에 참고해줄까. 그렇지만 그 비디오에서는 중요한 곳이 몽롱한 그림자 같은 걸로 덮여 있어 볼 수가 없다.

그날 밤, 그는 일본 야구의 창시자들이 포르노 비디오에 출연하는 꿈을 꾸었다. 모자와 글러브 외에는 홀딱 벗은 사와무라와 스탈힌이 가볍게 캐치볼을 하고 있는 장면이었다. 사와무라의 가랑이 사이엔 훌륭하게 벗겨진 성기와 리드미컬하게 진동하는 두 개의 구슬이 있었고, 스탈힌의 가랑이 사이에도 훌륭히 껍질을 덮어쓴 성기와 무겁게 늘어진 두 개의 구슬이 있었다. 스탈힌의 구슬은 위아래로 층을 이루며 매달려 있었다.

"이봐." 사와무라는 캐치볼을 중단하고 그에게 말을 걸었다. "그런 데서 뭘 하고 있는 거야?"

"아무것도." 그는 대답했다.

"흐응, 이상한 놈이군." 사와무라는 그에게 흥미를 잃어버린 듯 캐치볼을 다시 시작했다.

확실히, 하고 그는 생각했다. 나는 이상한 놈이야. 이런 곳에서 야구를 할 수 있게 되다니. 정말, 정상이 아니야. 뭔가 해야 되는 거겠지, 아마도. 잘은 모르겠지만 그런 게 아닐까? 역시 잘 모르겠지만.

"젊은이, 이쪽으로 와서 우리들한테 노크(야구 선수들이 수비 연습을 위해 공을 치는 일-옮긴이)를 해줘." 스탈힌이 말했다. "그 렇게 멋진 몸을 놀리는 건 아깝잖아."

그는 엉금엉금 홈베이스까지 걸어가서, 오른손으로 방망이 를 들고 공을 높이 들어 올렸다.

"소질은 나쁘지 않군." 스탈힌은 말했다. "물건이 될 가능성 은 있어."

"과연 그럴까?" 사와무라는 말했다. "이봐, 어딘가 팀에 들 어가 있나?"

그는 잠자코 있었다. 어떻게 대답해야 할지 몰랐다.

몇몇 선생님들은 강경하게 반대했다. 학생들에게 나쁜 영향 을 준다는 것이 표면적인 이유였다. 그러나 실제로는 쇼와 8년 에 태어난 초등학교 1학년 학생을 어떻게 대해야 하는지 아무 도 몰랐기 때문이다. 극히 자유로운 마인드를 지닌 교장은 선 생님들을 설득했다.

"두려워할 건 없소. 그는 45년 전에 초등학생을 이미 한 번 경험했소. 초등학생이 어떤 건지 잘 알고 있다는 거지. 그런 학 생이 여태껏 있었소?"

한참 뒤에, 도이 기요시(전 다이요 웨일스 선수이자 야구 해설가-옮긴이)라는 전학생이 왔다. 동급생들은 그가 쉰세 살이라는 것도, 한때 한신 타이거스의 헤드 코치였다는 것도 전혀 신경 쓰지 않았다.

그는 매일 아침 학생용 가방을 메고 초등학교 1학년이나 2학년과 손을 잡고 상급생에게 길을 인도받으며 등교했다. 책가방 안엔 알림장과 받아쓰기 공책, 소니 플라자에서 산 패딩턴 필통 그리고 글러브와 공뿐이었다.

점심시간이 되자 1학년들은 교정에서 놀았다. 제일 인기 있는 건 축구였다. 1학년들의 영웅은 마라도나나 플라티니, 산투스였다. 두 번째로 인기 있는 건 육상이었다. 그다음은 테니스였다. 그다음은 골프였다. 그다음은 배구였다. 교정은 루이스, 파크린, 붑카, 모지스, 이칸가, 메코넨, 세코, 아워타 같은 육상 선수나 렌들, 나브라틸로바, 매켄로, 베커 같은 테니스 선수나 랑어, 왓슨, 노먼, 니클라우스, 바예스테로스, 아오키, 오카모토 같은 골프 선수 혹은 가와이, 오바야시 같은 배구 선수로 가득 찼다.

야구를 하는 학생은 한 명도 없었기 때문에 그는 혼자서 공을 벽에 던지며 놀았다.

몇 주쯤 지나 어떤 6학년 학생이 그를 불렀다.

"야구를 하고 싶어?"

"응"하고 그는 대답했다.

"좋아. 멤버로 넣어주지."

멤버란 그 6학년생 혼자였다. 점심시간이 되자 그와 6학년생은 캐치볼을 했다.

"어때? 야구는 재미있지?"이게 그 6학년생의 입버릇이었다. 아무래도 6학년생의 소우주에서는 캐치볼을 야구라고 부르는 것 같았다. 남과 다른 일을 하고 싶어 하는 별난 초등학생 중에는 그와 6학년생의 영향을 받아 야구(캐치볼)를 시작하는 학생도 있었다. 단번에 작은 붐이 일어났다. 제일 성행했을 때에는 10미터×10미터에 불과한 교정의 한 켠에서 열 팀 정도가 캐치볼을 했다.

그러나 붐은 한 학기도 이어지지 않았다. 어떤 4학년 학생이 시계탑의 꼭대기에 맨손으로 오르면서 맨손 등반의 붐이 일었기 때문이다. 그 붐은 본격적으로 퍼져 나갔다. 점심시간이 되자, 남자아이들은 앞다퉈 교정의 벽에 달라붙어 맨손으로 옥상까지 올라갔다. 교정에서 야구를 하고 있는 건 그와 그 6학년 학생뿐이었다.

"야구 쪽이 더 재미있어."6학년 학생은 화가 난 듯이 혼잣말을 중얼거렸다.

그는 대꾸도 않고 잠자코 있었다.

봄이 오고 6학년 학생이 학교에서 모습을 감추자, 그도 야구를 그만두었다.

그는 날씨가 좋은 날엔 양지에서 볕을 쬐면서, 야구 붐이 일었던 부근을 바라보곤 했다. 한때 1학년들의 환성이 메아리쳤던 영광의 10미터×10미터는 이제 옛 모습을 찾아볼 수 없을 정도로 쓸쓸해졌다. 10미터×10미터를 찾는 건 실수로 차버린 축구공을 주우러 오는 4학년 학생 정도였다. 그렇지만 그는 조금도 절망하지 않았다. 몇 년 후에는 저 10미터×10미터에 또 1학년이 모일 것이다. 이번에는 열 팀 정도가 아냐. 스무 팀은 되어야 할걸. 캐치볼 같은 건 할 수 없어. 의논한 끝에 더 넓은 공간을 요구하겠지. 100미터×100미터야. 그만한 거리에서 공을 날리려면 방망이가 필요해. 자신의 위치를 확실히 하려면 베이스도 필요하지. 이렇게 하면 어때? 두 개의 조로 나눠 점수 따기를 하는 건.

그때엔 여기에서 외쳐줄 거야. 이봐, 1학년 꼬마야. 그건 야구라는 거야. 너희들이 하고 있는 건 야구라고 해. 너희들은 잘 모르겠지만 야구라고 하는 거야.

그렇게 그는 교실 창문에서 10미터×10미터를 관찰하는 조금 별난 1학년 학생이 되었다. 그 모습이 너무나 자연스러웠기 때문에, "창밖만 보는 게 아냐"라고 주의를 주는 사람은 한 명도 없었다. 그리고 그는 잊혀졌다. 그의 전학을 받아준 교장은 정년 퇴임 후 어떤 여자 전문대학의 조교수가 되었고 선생들은 각각의 고민으로 바빴기 때문에, 프로야구 팀의 전 헤드 코치 따위는 아무도 기억하지 못했던 것이다. 그것은 초등학생들도 마찬가지였다. 그는 다음 날도, 그다음 날도 창문에 딱 붙어 지냈다. 너무나 열심히 붙어 있던 나머지 그 이유를 잊어버린 지 오래였다. 그의 모습은 눈으로 보였고 만지려고 하면 얼마든지 그럴 수도 있었다. 그러나 그는 이젠 존재하지 않은 것과 마찬가지였다. 그러한 학생은 어느 반에나 꼭 있었다. 모르는 얼굴인데 아마도 오랫동안 결석하다가 오늘은 마음이 내켜서 등교했나 보다, 하고 아무도 이상하게 여기지 않는 그런 학생. 시간이 흘러 반 학생들은 모두 진급했다. 교실에는 새로운 1학년 꼬마들이 들어오고 선생님도 바뀌었다. 그래도 그는 교실 창가에 기대어 가만히 밖을 바라보고 있었다.

"너." 새로 온 선생이 말했다. "창밖만 보지 말고 의자에 앉으렴."

"의자가 없어요." 그는 말했다.

"그래." 새로 온 선생은 허둥지둥하면서 말했다. "미안하다. 그럼 선생님 의자에 앉을래?"

"이전 선생님은 여기 있어도 좋다고 했어요."

"그렇구나. 방해해서 미안했다."

"별말씀을요."

그는 시간을 초월한 불멸의 초등학교 1학년이 된 것이다.

그렇다면 다른 선수들의 운명은?

실은 자세한 것은 몰라. 광대한 세계에 날아가버린 한신 타이거스라는 종자가 어딘가에서 풍성한 결실을 맺었다는 뉴스는 아직 전해 듣지 못했어.

복면 레슬러로서 데뷔한 사람(아무래도 그 나이와 모습으로 미루어보아 야마우치 신이치 같아), 지하철 마루노우치선의 개찰구에서 자작 시집을 한 부에 200엔을 받고 파는 사람, 일곱 번이나 성형수술을 받은 사람 등 각각 취향대로 야구 탐색에 나서보기는 했지만 솔직히 기대한 만큼 성과를 올릴 수가 없었어. 뭐, 원래 그런 건지도 모르지.

물론 그중에는 꽤 괜찮은 데까지 간 예도 있지.

그건 이바라키오미야고등학교 출신으로 1977년에 입단하여 한 번도 일군에 오르지 못하고 선수 생활을 마친 사와하타 세이시였어. 팀이 해산되어도 그는 조금도 슬퍼하지 않았어. 그에게는 이거야말로 일군에 오를 절호의 기회였지. 팀의 위기를 구할 구원투수가 되는 거야. 이럴 때 가장 믿을 만한 것이 〈Mc시스터〉(10대 소녀를 타깃으로 한 패션 월간지-옮긴이)의 권말 부록에 실린 별자리 점(홀로스코프)이었지. 그는 신간을 사서 떨리는 손으로 별자리 점 코너를 찾아 7월 25일 사자자리의 운세를 살폈어.

'찾고 있는 건 애인의 꿈속에 있다.'

그것이 그에게 주어진 운명이었지.

그의 여자 친구는 이불을 머리끝까지 덮어쓴 채로 자고 있었다. 한밤중 세시쯤이었다. 그는 의자에 앉아 그것이 시작되길 기다리고 있었다.

이윽고 그녀가 잠꼬대를 했다.

"다과회가."

그는 귀를 기울였다.

"시작됩니다. 빨리 그."

그는 한참 동안 꼼짝 않으며 다음에 그녀가 하는 말을 기다리고 있었다. 그러나 그녀는 더 이상 잠꼬대를 한마디도 하지 않았다.

계속 기다렸지만 아무것도 시작될 기색은 없다. 그나저나 다과회는 무사히 끝난 것일까? 그는 자신은 참석할 수 없었던

그녀의 꿈속 다과회에서 남은 케이크를 향해 손을 뻗었다. 그러자,

"안 돼요."

반쯤 자는 상태로 그녀가 말했다.

"먹고 싶어. 그 케이크."

"남은 거야, 그래도 괜찮겠어?"

"응. 냠냠."

"아참, 홍차도 있어."

"그것도 주세요."

"여기."

"꿀꺽꿀꺽."

하지만,

"뭐야, 무슨 일이야?"

그녀가 눈을 반짝 뜨고 말했다. 그녀가 말하길, 자신이 꾸고 있던 건 호치키스 꿈이었고 다과회 꿈 따위는 전혀 꾸지 않았다는 것이다.

그때부터 그는 밤이 되면 자고 있는 여자 친구의 곁에서 그녀가 꾸고 있지 않는 꿈속의 다과회에서 남은 케이크에 몇 번이나 손을 뻗었다. 그러나 끝내 그는 케이크를 찾을 수 없었다.

아마도 그는 지금도 어딘가에서 꿈꾸는 여자(아까 그녀는 어

쩐지 기분이 나쁘다며 그를 버렸다고 하니)의 곁에서, 가만히 손을 뻗고 있을지도 모른다. 케이크나 부드러운 벨벳 쿠션이나 차가운 레몬수 혹은 여자가 꾸는 꿈속에서 태어나 사라지는 여러 품목들을 향해서.

그에게는 미래가 있었다. 세상에는 젊은 여자가 무수히 많고, 모든 여자가 다 다른 꿈을 꿀 것이다. 그중에는 케이크나 쿠션이나 레몬수가 아니라 좀 더 다른 뭔가를 꿈꾸는 여자도 있을 것이다.

그것이 어떤 것이든, 하고 그는 생각했다. 나는 그것을 그녀들의 꿈속에서 끄집어내어 팀으로 돌아가는 것이다. 그 순간을 상상할 때마다 그의 마음은 떨렸다. 떠나갈 듯한 환성, 그 중심에 서 있지만 왠지 그곳만은 고요함에 가득 찬 마운드 위 그리고 투수판을 밟는 자신의 모습을 그리며.

* * *

한신 팬인 극작가에 의하면, 1985년에는 그러한 일이 일어났던 것이다.

얼마 있다가 나는 그에게 편지를 받았다. 그 편지내용을 여기에 옮겨 적겠다. 아마 그는 자네도 읽어주길 바랄 테니까.

그때 잊어버리고 말하지 않은 것이 있었기 때문에, 편지를 쓰기로 했어.

우선 랜디 얘기야. 그 사건만 없었다면 1985년 삼관왕의 타이틀은 틀림없이 그의 것이었겠지. 어쩌면 다음 해에도 삼관왕이 되었을지도 모르지. 정말로, 아까웠어.

그는 한신 타이거스를 그만두고 도서관에 다니기 시작했어. 야구에 관해 쓰여 있는 문장을 모으기 위해서지.

'자이언츠—도쿄가 아닌 뉴욕의—의 감독이었던 존 맥그로가 말했던 것처럼 야구를 아는 가장 좋은 방법은 야구에 관해 쓰인 문장을 읽는 거야'라고 랜디는 나에게 말했어.

무엇을 읽으면 좋을까. 그는 잘 알고 있던 과거의 대선수들에게 물어보았어. 그들 대답은 항상 정해져 있었지. 필립 로스(미국 현대문학의 거장으로 손꼽히는 소설가-옮긴이), 데이먼 러니언, 폴 갈리코, 존 오하라, 버나드 멜러머드(유태인 사회를 무대로 갈등과 고뇌 속에 있는 사람들 이야기를 그린 미국의 소설가-옮긴이), 맥스 애플, 존 업다이크, 어니스트 헤밍웨이—랜디, 그들은 모두 훌륭한 야구 소설을 쓰고 있어. 야구에 관해 쓰인 문장을 읽고 싶으면, 그들부터 시작해야 해.

하지만 그는 슬픈 듯이 고개를 저으며 이렇게 대답했어.

"그런 게 아냐. 내가 찾고 있는 건."

그 무렵, 가케후 마사유키는 왓카나이(일본 홋카이도 북단에 있는 도시-옮긴이)의 한 정신병원에 있었다. 가케후에 대해 말했던가? 그는 정신병원을 전전하며 야구팀을 꾸리고 있었던 거야. 무척 뜻깊고, 가능성이 무궁무진한 행위였어. 여하튼 정신병 환자에겐 외골수 기질과 특유의 집중력이 있지. 몸은 어느 곳 하나 아프지 않은 데다 한가하기 짝이 없으니까 말이야. 게다가 그들에게는 기묘할 정도로 강한 단결력도 있어.

어쩌면 정신병 환자만큼 야구에 어울리는 인간은 없을지도 몰라. 그는, 야구가 병든 정신에 긍정적으로 작용하여 정상으로 돌아오는 데 기여한다는 등 의사한테 적당히 둘러대어 허가를 받고 환자들과 야구를 했어. 그러고는 공을 향해 몇 시간 동안 말을 거는 투수와 베이스를 충동적으로 가지고 달아나는 주자를 상대로 야구를 가르쳤어. 그것은 실로 신선한 경험이었지. 매일매일이 발견의 연속이었어. 공을 친 타자가 갑자기 삼루를 향해 달리거나 하나의 베이스에 주자가 세 명이나 서 있을 때마다, '어디가 이상한 것일까?' 하고 그는 생각했지. 그러다가 야구란 정상적인 인간보다 정신병 환자에게 어울리는 스포츠가 아닌가 하고 생각하기에 이르렀어. 그래서 감독인 요시다 요시오(전 프로야구 선수. 은퇴 후 한신 타이거즈 감독을 세 번 역임했다-옮긴이)가 정신병원에 수용되었다는 얘기를 들었을 때도 조금도 놀라지 않았지. 그는 알고 있었던 거야. 요시다 감독도 그와 마찬가지로, 그러나 조금은 다른 방법으로 야구를 찾아내려고 했다는 것을.

가케후가 마음을 뒤흔드는 격심한 싸움을 끝내고 정신병원의 독방에 돌아오니 랜디가 보낸 한 통의 편지가 도착해 있었다.

드디어 랜디는 야구에 관해 쓰인 문장을 포함한 책의 대광맥에 부딪힌 것이다.

"스기나미 구립 도서관만 해도 7700권이나 있었어. 국회도서관에는 이런 책이 38만 권이나 있대. 이걸 가르쳐준 건 4수를 준비하던 수험생이야. 그는 1년째에 쓰쿠바대학교에 떨어지고, 2년째에 도쿄대학교 농대와 니혼대학교 예술학부에 떨어지고, 3년째인 올해에는 요요기 제미나르(일본의 거대 입시 학원-옮긴이)에 떨어졌지만, 내가 찾던 종류의 책들이 어디 있는지는 잘 알고 있었어. '그런 지식이 있어도 대학에는 못 들어가'라고 탄식했지만 말이야. 어쨌든, 나는 매일 읽고 있어. 지금의 내 감상을 말하자면, 야구는 확실히 존재한다는 거야. 이것만은 확신을 가지고 말할 수 있어."

랜디의 연구에 따르면, 그가 스기나미 구립 도서관에서 발견한 책의 3분의 1은 일본 야구에 관한 것이었다.

"내 감상을 말하자면"이라고 랜디는 쓰고 있었다.

"그 탄생 이래 야구는 발전과 분화를 거듭하여, 미국 야구에서 마다가스카르 야구 그리고 스페이스(우주) 야구에 이르는 대략 9000개 정도의 아류를 낳아온 것인데, 일본 야구만큼 우아하고 감상적인 것은 없었어."

마지막으로 랜디는 일본 야구에 관한 가장 오래된 기록이 베네치아인 마르코 폴로가 제노바의 감옥에서 피사의 작가 루스티켈로에게 받아쓰게 한《세계의 서술》에 있다고 했다. 많은 사람들에게《동방견문록》으로 더 잘 알려진 책이었다.

"그 오래된 문헌에서 마르코 폴로는 이렇게 말하고 있어.

'카스티야 지방에서 견본으로 가져온 계수나무와 후추를 이 땅의 주민에게 보여주었더니, 그들은 곧 그게 뭔지 알아내고 손짓으로 남동 지방에도 많이 있다고 말했다.

이번엔 황금과 진주를 보여주자, 몇 명의 노인들이 그거라면 '지팡그(이탈리아식으로 일본(Japan)을 발음한 것-옮긴이)'라는 곳에 무한히 있어서 사람들이 목이나 귀, 다리 혹은 말에 장식으로 달고 다니며, 진주도 마찬가지라고 말했다. 또 그곳 사람들은 자신이 가지고 있는 것은 무엇이든 이쪽이 주는 것과 바꿔주고 결코 물량이 적다고 불평을 하는 일 따위는 없다고 한다.

몇 명의 노인들에 따르면, '지팡그'에서 가장 멋있는 것은 야구였다. 그 이름을 듣는 건 이번이 처음이 아니었는데, 우리가 찾은 지역에서 심심치 않게 들을 수 있었다. 하느님의 은혜로 항상 훌륭한 것을 보아왔지만, 이제까지 발견한 것은 토지나 초목, 꽃, 과실 그리고 인간에 대해서 지역마다 조금씩 다르다고 해도 점점 더 뛰어난 것들이었다. 위대한 기적을 수없이 행한 로레토의 성모마리아와 과달루페의 성모마리아의 가호를 받아 언젠가 '지팡그'의 야구를 볼 수 있기를.'

이렇게 된 거야. 이런 식으로 나는 이제부터 가능한 많은 문장들을 모아볼 작정이야. 그것이 좋은 결과가 되면 좋겠지만. 가까운 곳에 들를 일이 있으면, 만나러 와줘.

—R. B."

편지를 다 읽자, 가케후 마사유키는 침대에 누웠다. 눈은 감은 채였지만 도저히 잠잘 기분이 들지 않았다.

여러 가지 방법이 있어, 하고 그는 생각했다. 그는 팀원들이 선택한 방법들을 하나하나 떠올렸다. 그중에는 성공한 것도 있을 것이다. 야구에 관해 쓰인 문장을 모은다. 랜디의 방법도 나쁘지 않군. 다른 방법도 있을지도 몰라. 예를 들면.

갑자기 눈꺼풀이 무거워졌다. 낮에 한 시합의 피로가 몰려
온 것이리라. 누군가 머리가 뒤로 잡아당기는 듯했다. 조금씩
잠에 빠져들면서, 언제나 그랬던 것처럼, 그는 제대로 야구를
하던 옛 시절을 생각하고 있었다.

맑게 갠 하늘. 녹색의 잔디. 시합이 시작되기 직전 가슴이 세
게 죄어오는 듯한 기분. 스탠드를 꽉 채운 관중이 그의 이름을
계속해 부른다.

"가케후! 가케후! 가케후!"

아아, 야구를 하고 싶다! 그는 꿈속을 향해 큰 소리로 그렇
게 외쳤던 거야.

이것이 한신 팬인 극작가가 내게 보내온 편지야.

친애하는 친구여. 그가 그렇게 말하니, 아마 1985년에는 그
러한 일이 있었던 거야. 나는 그렇게 생각하고 있어. 확실히 그
의 주장에는 이상한 구석도 있어. 하지만 그게 어떻다는 거야?

이후 그와는 만나지 못했어. 아마 지금도 한신 타이거스 선
수들의 행방을 계속 쫓고 있겠지. '그들 일은 또 알려줄게'라고
말했으니까. 실은 나도 한신 타이거스 선수들의 행방을 조사하
기 시작했어. 한신 팬만 야구팬인 건 아냐. 그런 점을 보여주고

싶어서 말이야. 다음에 자네에게 편지를 보낼 때에는 그 이야기를 써볼 작정이야. 부디 잘못 이해하지 않도록. 그건 야구 얘기일 테니까. 알겠지?

내가 소설을 쓰는 이유

언제였을까? 정확히 기억이 나지 않지만 아마도 1980년대 중반 무렵이었던 것 같다. 필립 로스의《멋진 미국 야구》라는 번역본을 읽고, 이런 글을 쓰고 싶다고 생각한 것이 발단이었다. 지금도 팔고 있는지는 모르겠지만, 과격하고 폭력적이고 지나치게 문학적이고 이상하게 감정적인 소설이었다. 나는 그 모든 것이 마음에 들었지만.

나중에서야 알게 된 사실이지만 이 책의 원제목은 '위대한 미국 문학(The Great American Novel)'이었다. 제목만으론 도대체 어떤 소설인지 짐작이 가지 않겠지만, 상상 속 세계의 야구 이야기를 통해 미국 문학을 다루는 곡예적인 내용이었다 — 이렇게 써도 무슨 내용인지 모르겠지요. 실은 나도 오랫동안 읽지 않아서 기억이 잘 나지 않습니다. 다만 미국 야구에 대해 이야기하다보면 미국인들의 정신, 나아가 미국의 문학을 논하게 된다는 것만은 지금도 확실히 기억합니다.

그런 일이 가능하다면 나도 일본 야구를 통해 일본인들의 마음속 비밀에 다가가 궁극적으로 일본 문학의 수수께끼를 풀 수 있지 않을까, 하고 생각했다. 생각만 한 게 아니라 실제로 소설로 써보려고 했다. 일본인들의 마음속 비밀이나 일본 문학의 수수께끼를 풀어낼 자신은 없었지만, 적어도 야구는 무척 좋아했으니까.

《우아하고 감상적인 일본 야구》를 탈고한 뒤, 용무가 생겨 영국에 간 적이 있다. 그곳에서 현대 영국을 대표하는 소설가로 손꼽히는 줄리언 반스와 인터뷰를 했다. 그때 나는 자기소개를 하는 대신, 이제 막 영어로 번역되어 출간된 《우아하고 감상적인 일본 야구》의 2장 〈라이프니츠를 흉내 내어〉의 원고를 반스에게 건넸다. 그러고는 물었다.

"감상은 어떤가요?"

"무척 재미있어요. 그런데 문제가 하나 있네."

"뭔데요?"

"나는 야구를 몰라요."

"크리켓 같은 겁니다."

"그런 것 같군요. 하지만 전 세계에서 야구를 아는 사람들은 훨씬 적지 않을까요? 특수한 스포츠라고 생각해요."

"축구라면 좋았을까요?"

"그거라면 누구나 아니까요."

"그럼, '멋진 영국 축구'라는 제목으로 영국인들의 마음속 비밀이나 영국 문학의 수수께끼를 해명하는 소설을 쓸 수 있을까요?"

"그건 도전할 만한 가치가 있는 일이네요."

그 후 반스가 축구를 소재로 한 소설을 썼다는 얘기를 못 들었기에 역시 어려운 일이었다고 생각한다.

어쩌면 야구는 반스가 말한 것처럼 특정 지역에서만 통용되는 스포츠일지도 모른다. 미국과 일본 그리고 여타 아시아 국가와 중미에서는 성행하지만 다른 지역에서는 그렇지 않으니까. 최근에 '월드 베이스볼 클래식'이라는 세계 야구 대회에서 일본이 최종 우승했다고 하는데, 그런 일을 주목하는 나라도 거의 없다.

그렇다면 나는 야구를 즐기는 소수의 사람들만 이해할 수 있는 일을 한 걸까? 나머지 사람들에게는 받아들여지기 어려운 걸까? 이 소설은 '마이너'한 데다, 전 세계 모두가 함께 공감할 수 없는 걸까?

사실 이 소설이 몇천만 부나 몇억 부까지 팔릴 거라고 생각하진 않는다(팔리면 좋겠지만). 그저 말이라는 것을 이해할 수 있고 문학이라는 것에 흥미가 있는 사람들에게 가닿는 것이었으면 좋겠다. 누가 읽어도 즐거운 것이길 바랄 뿐이다. 틀림없이 소설을 쓰는 모든 이들이 그렇게 생각할 것이다.

얼마 전에 이 책을 읽었다는 세르비아의 한 청년을 만났다.
"재밌었습니다, 정말!" 그 젊은이는 말했다.
"고마워요. 근데 야구를 알아요?"
"아뇨, 전혀요."
"책을 읽을 때 그 점이 방해가 되지 않았나요?"
"네. 이해할 수 없는 것이 있으니까 알고 싶어지고, 그래서 재미가 있는 거잖아요."
과연 그렇군. 나는 미국 사람들의 습관이나 종교에 대해 잘 모른다. 그러나 미국 소설을 읽는다. 프랑스 사람들의 취미나 사회를 알지 못한다. 그러나 프랑스 소설을 읽는다. 이슬람교의 교리나 무슬림들의 사고방식을 전혀 모르지만 《코란》을 읽고, 2000년 전에 살았던 그리스인들의 세계를 가늠조차 못 하지만 소크라테스나 플라톤 전집을 읽는다. 나와 공통점이 있는 부분을 찾아 헤매고 상상을 초월하는 광경이나 감정과 맞닥뜨려 놀라기도 하지만, 알 수 없는 것을 더욱 알고 싶어서 읽는다.

그렇다면 야구를 모르는 어딘가의 누군가야말로 내 소설에 가장 잘 맞는 독자일지도 모르겠다.

이 글을 읽고 있는 당신은 야구를 잘 아는가? 그렇다면 더욱 즐겁게, 몰라도 더욱 즐거운, 그런 소설이 당신 앞에 놓여 있다.

2006년

다카하시 겐이치로

언어 표현의 해체와 재구축

_《우아하고 감상적인 일본 야구》 개정판을 내며

*

1

　다카하시 겐이치로의 《우아하고 감상적인 일본 야구》를 번역하여 웅진에서 초판을 출판한 것이 1995년이다. 그로부터 23년의 세월이 흐르는 동안 제법 많은 사람에게, 이 책이 절판이 되어서 손에 넣을 수가 없으니 보관하고 있는 여분의 책이 있다면 구할 수 없겠느냐는 간절한 부탁을 받았다. 부탁을 한 분들 중에는 고등학교에 다니는 여학생과 주부, 모 대학의 문예창작과 교수님도 계셨다. 그래서 2005년 개정판을 내었고 이번에 손을 더하여 세 번째 개정을 맡게 되었다.

　사실 23년 전 이 책을 번역할 때까지만 해도 과연 이 책이 독자들에게 환영받을 수 있을까 하고 무척 의아했다. 고백하자면 번역을 하던 나조차도 과연 이 작가가 말하고 있는 것이 무엇인지 의미가 명확히 잡히지 않아 몇 번이나 손을 멈추고는 그 진의를 알아내려고 고민했다. 아마 그것은 나 역시 소위 말하는 '모더니즘 소설'의 어법에 너무나도 익숙해져 있었기 때문이리라.

여러 달의 고통스러운 번역 과정을 거쳐 책이 출간되고 나서는 한동안 이 책을 잊으며 살고 싶었다. 그만큼 벅찬 과정이었기 때문이다. 그러나 독자들의 호응에 힘입어 개정판을 내면서 나는 이 작품에 다시금 매료되지 않을 수 없었다. 왠지 모르게 궁금해지고 다 읽고 나면 엄청 재미있는 작품, 그것이 바로 《우아하고 감상적인 일본 야구》가 아닌가 싶다.

*
2

작가 다카하시 겐이치로는 고등학교 재학 때부터 평론을 발표하고 연극반을 만들어 직접 각본을 쓰던 문학청년이었다. 그가 다닌 고등학교는 고베에서 제법 알아주는 명문이었는데, 당시 그의 목표는 '대학에서 교수를 하면서 소설을 쓰는 것'이었다고 한다. 1969년 요코하마국립대학교 경제학부에 입학하여 (당시 요코하마국립대학교에는 문학부가 없어서 할 수 없이 경제학부로 진학하였다) 그 시절 많은 문학청년들이 그러했듯이 학생운동에 가담하게 되고, 급기야 1970년 구치소에 구금된다. 구류 상태에서 말할 때나 글을 쓸 때, 생각할 때조차 자신의 의지와는 상관없이 강제된다는 감각에 사로잡힌 나머지 그는 실어증에 걸리고 만다. 석방 후에도 그 감각은 계속 따라다녀, 한동안 그는 글을 읽는 것도 쓰는 것도 심지어 생각하는 것조차 거의 전면적으로 그만두기도 했다.

1979년에 글쓰기를 재개하기까지 그러한 상태는 10년 가까이 지속된다. '언어 표현'을 무기로 삼은 문학청년이 학생운동 속에서 좌절을 겪고, 그 좌절 속에서 필사적으로 재활 의지를 불태우며 소설가, 평론가로서 '언어'에 관여하고 표현하는 길을 다시 택한다는 것은 문학에 대한 대단한 애착 없이는 불가능한 일이다. 이를 증명하듯 다카하시의 작품을 보면《문학 따위는 무섭지 않다》,《문학이 이토록 잘 이해돼도 되는 건가》,《문학왕》,《문학이 아닐지도 모르는 증후군》,《일본 문학 성쇠사》처럼 '문학 읽기'를 주제로 삼은 것들이 많다. 즉, 다카하시가 오늘날의 소설들을 향해 '소설은 어떠해야 하는가' 하는 의문을 끊임없이 던지고 있다는 것을 알 수 있다.

《우아하고 감상적인 일본 야구》도 이러한 연장선상에서 이해해야 하는 작품이다. 이 작품은 야구가 사라진 미래의 가상 사회에서 벌어지는 가벼우면서도 진지한 삶의 궤적을 포스트

모더니즘적인 서술 방식으로 쫓고 있다.

대부분의 독자들은 과연 이 작품이 무엇을 말하려고 하는지 무척이나 당황해한다. 앞서도 언급했듯이 그의 소설이 우리가 알고 있는 일반적인 소설의 형식을 거부하고 있기 때문이기도 하고, 언뜻 보았을 때 '본줄거리' 없이 서로 관련이 없어 보이는 작은 단편들로 소설이 구성되기 때문이다. 하지만 그러한 작은 이야기들이 점차 커다란 비중을 차지하며, 어느새 본줄거리로 바뀌어간다. 그 과정이 여러 번 되풀이되다보면 '과연 나는 무엇에 관한 책을 읽고 있는 것일까' 하고 적잖이 당혹스러워진다.

이처럼 다카하시가 쓰는 대부분의 소설은 짧은 소설적인 사물이나 이미지의 집합체로 성립되어 있다. 일반적인 소설에서는 등장인물들이 걸어가는 궤도가 하나의 줄거리를 이룬다. 이와 달리 다카하시의 소설에서는 등장인물이 여러 곳에서 여러 가지 사항을 엮어가고 따로따로 놓인 그것들이 어느 사이엔가 뭔가를 전달하고 있다.

다카하시가 전달하려는 것이 무엇인지는 읽는 사람에 따라 이해하는 방법이 모두 다를 것이고, 어떤 사람들은 그런 것이 존재하는지조차 모르고 지나간다. 그중에는 '과연 이것이 소설일 수 있을까' 하고 거부반응을 일으키는 사람들도 있다(초판본을 번역할 당시 내 심정도 비슷했다). 소설적인 형태를 거부한《우아하고 감상적인 일본 야구》는 우리에게 익숙했던 문학의 틀로는 전달하지 못했던 무엇인가를 표현하는 데에 성공한 것처럼 보인다.

이 작품은 야구를 테마로 쓴 소설이라기보다, '야구'라는 것을 항상 머리 중심에 두고 쓴 소설로 봐야 한다. 항상 '야구'를 의식하면서 '무엇인가'에 관하여 쓴다. 때로는 야구로부터 동떨어진 이야기를 다루기도 하지만 그 근간에는 역시 '야구'가 있다. 작품 속에 등장하는 '야구'란 사전적인 의미로서의 야구가 아니라 무척이나 세부적이고 아무래도 좋은, 야구의 '세세한 단편'에 관해서다.

하지만 야구 선수나 팬들이 볼 때 아무 상관이 없어 보이는 '세부'야말로 의미가 있고, 그 세부가 축적되어 작품 전체는 '야구'가 된다. 별 의미 없는 세부가 거대하고 복잡한 야구라는 운명에 어떠한 영향을 미치고 있는지를 따라가보면, 진정한 야구란 승부의 행방과 전혀 관계없는 것이 아닐까, 스포츠 뉴스에서 편집되어 방송되는 시합 경과 이외의 모든 것은 무의미한 것은 아닐까 하는 생각에 이르기도 한다. 그 이면에는 제2장〈라이프니츠를 흉내 내어〉나 제6장〈사랑의 스타디움〉과 같은 '세부'가 '야구'라는 것을 지탱하고 있다. 이 작품은 야구에 관하여 무엇인가를 말하려는 듯이 제스처(몸짓)를 취하다가 전혀 관계없는 다른 것을 말하는 것 같다. 하지만 결국에는 야구 그 자체에 관하여 말하고 있는 것이다.

한때 실어증이라는 병을 앓았기 때문일까. 다카하시는 기존의 소설 범주 외의 단어들을 사용하고 있다. 이 소설에 등장하는 '요구르트 아줌마', '찬치키오케사', '덴파이폰친 체조', 잡지 〈비비〉나 〈논노〉 같은 소재들은 시대 풍속에 너무 밀접하게 다가간 나머지 보편성을 지니지 않는 단어다. 언어의 배경지식을 모르는 사람에게 그것들은 단지 기호에 불과하다. 배경지식을 아는 사람에게는 그 단어들이 지닌 원래의 의미가 강하게 각인되어 있기 마련이다. 때문에 대부분의 소설에서는 특별한 경우 외에는 이러한 단어를 쓰는 것을 꺼린다. 즉, 언어가 가지는 정보성과 그것을 받아들이는 사람들의 지식 수준에 따라 그 언어의 중요도가 변화한다는 것이다. 예를 들면 '라이프니츠'라는 인명은 수학을 전공하는 사람에게는 무척이나 중요한 단어이지만, 처음 접한 사람들에게는 아리송한 외국어일 뿐이고 단순한 기호처럼 가볍게 느껴질 뿐이다.

다카하시는 받아들이는 사람에 따라 본래 지닌 무게가 변화하는 단어들을 다른 일반적인 단어와 똑같이 빈번하게 사용한다. 그 결과 모든 언어의 이미지나 의미의 경중이 왜곡되어서,

문장 속에 쓰여 있는 언어 이상의 무엇인가를 표현하게 된다.

이처럼 다카하시는 기존의 소설이 다다른 막다른 골목에서 새로운 언어의 표현 형식을 구하고 있다. 이를 위해서 그는 제법 많은 작품을 읽고 선행 문학을 공부하고, 나아가 그와 다른 흐름 속에서 언어를 취하고 표현하고 있는 것이다.

＊

3

다카하시 겐이치로는 1981년《사요나라, 갱들이여》로 군조 신인장편소설상을 수상하며 문단의 주목을 받기 시작했다. 현재까지도 소설은 물론이고 문학, 시사(時事), 경마에 관한 수필, 번역서 등 꾸준히 작품 활동을 계속하고 있다. 뿐만 아니라 대담 프로에 출연하거나 대학(메이지가쿠인대학교)에서 '현대 소설'을 가르치는 등 사회활동도 활발하게 이어오고 있다. 작가 스스로 "더 이상 완성도를 추구하는 소설 쓰기는 그만두었다" 라고 단언할 정도로 근래에는 예전보다 알기 쉬운 형태의 소설을 쓴다. 2002년에 이토 세이상을 수상한《일본 문학 성쇠사》도 기존의 다카하시의 소설 형식을 따르고는 있으나 상당히 읽기 쉬워진 작품이다.

최근의 그의 활동에서 빼놓을 수 없는 것이 평론가로서의 활동이다. 각종 대담 프로그램이나 방송에 출연하여 팝 문화에 대해 평론하고 있고, 주말마다 〈산케이신문〉의 '경마 예상'이라는 코너에 글을 연재하기도 했다. 과거 심각하게 학생운동을 전개하다 구금당해 그 좌절로 실어증을 겪고, 10여 년을 육체노동을 하며 어두운 시절을 보냈다는 것이 믿어지지 않을 정도이다. 일찍이 일본 최고의 팝 문학자로서 주목을 받았던 그가 앞으로도 어떻게 대중문화를 이끌어 가고 그의 문학 안에서 표현할 것인지, 나아가 그의 작품 안에서 '언어 표현의 해체와 재구축'을 해나갈 것인지 기대가 된다.

2017년 가을

박혜성

● 연보

1951년	1월 1일. 20세기의 한가운데에서 히로시마현에서 태어났다.
1950년대	따분했다.
1964년	14세. 현대시를 발견했다. 최초로 읽은 것은 이유카와 노부오의 〈아메리카〉, 다니가와 간의 〈인간 A〉, 그리고 젊었을 때의 스즈키 시로야스의 시였다.

나는 유부녀가 수음하고 있었다

나는 노파가 수음하고 있었다

나는 여성 중노동자가 수음하고 있었다

나는 우유병에 수음하고 있었다　　　　.

나는 시계가 수음하고 있었다

1960년대	잘 표현해낼 말이 없었다. 그래서 소설을 쓰게 되었다.
1969년	4월, 모 국립대학에 입학했지만, 가보니 학교는 존재하지 않았다 (데모 중이었다). 얼마 지나 다시 한번 가봤지만 역시 학교는 존재

하지 않았다(폐쇄 중이었다). 최근, 마음을 고쳐먹고 확인을 위해 다시 한번 가봤지만 결과는 마찬가지였다(다른 장소로 이전된 상태였다). 그러니까, 졸업하지 않았다고 생각한다.

1970년대 육체노동을 하고 있었다.

1980년 첫 소설을 공들여서 완성했지만, 안이하고 진지하지 않아 논할 가치도 없다는 평을 받고 크게 상처받았다. 작업 중 허리를 삐끗했다.

1981년 두 번째 소설 《사요나라, 갱들이여》를 완성(*이 작품으로 군조신인 장편소설상 수상). 작업 중 또다시 허리를 삐끗.

1982년 소설이라는 표현형식에 깊은 애착을 느끼기 시작했다. 현실은 존재하지 않는다. 언어만이 존재한다. 허리 통증을 예방하기 위해 배와 등 근육을 단련. 10월, 《사요나라, 갱들이여》를 고단샤(講談社)에서 내다.

1983년 크게 게으름 피우다

1984년 4월, 〈바다(海)〉 최종 호에 〈무지개 저편에〉를 발표. 2년 걸렸다. 아아. 8월, 《무지개 저편에》를 주오코론샤(中央公論社)에서 간행. 11월, 도주샤(冬樹社)에서, 사진작가 구리아게 가즈미와 함께 쓴 《헤엄치는 사람》을 간행.

1985년 1월, 장편소설 스타트. 《존 레논 대 화성인》을 가도카와쇼텐(角川書店)에서 간행.

1987년 책에 대한 유머러스하면서도 신랄한 비평과 함께 사회, 문화현

상에 관한 비평을 모은 에세이집《제임스 조이스를 읽은 고양이》
간행 *

1988년   1월, 잡지 〈가이엔(海燕)〉에서 장편《연재문예시평》을 시작하다.
2~3년 걸려 번역한 J. 맥너니의 소설집《브라이트 라이트 빅 시
티》를 신초샤(新潮社)에서 간행. 베스트셀러가 되어 유복해졌다.
3월, 역시 3년 걸린《우아하고 감상적인 일본 야구》를 가와데쇼
보(河出書房)에서 간행. 5월, 이 작품으로 제1회 미시마 유키오상
수상. 그 상금을 전액 경마에 걸어 잃다. 10월, 〈산케이스포츠〉
지면에 '경마의 예상' 칼럼 연재 시작.

1989년   잡지 〈스위치〉에 일기 연재 개시. 4월《가이엔》의 문예평론을
《문학이 이토록 잘 이해돼도 되는 건가》라는 제목으로 후쿠다케
쇼텐(福武書店)에서 간행. 표지를 만화로 했고, 문예평론으로서는
공전의 베스트셀러가 됨(*'순수문학' 신앙에 대한 풍자적 비평으로 일
관된 에세이집). 10월, 소설《펭귄 마을에 해는 떨어지고》를 슈에이
샤(集英社)에서 간행(*'ㅅㅡㅅㅓㄹ'을 쓰는 숙제를 해야 하는 아들을 위
해 아버지가 쓰는 형식으로 전개되는, 텔레비전 애니메이션의 주인공들이
등장하는 판타지 소설).

1990년   4월, 〈스위치〉에 연재한 일기를《추억의 1989년》이라는 제목으
로 후소샤(扶桑社)에서 간행, 일기문학이라고 자칭하다. 11월, 소
설《혹성 P13의 비밀》을 가도카와쇼텐에서 간행.

1991년   1월, 〈아사히신문〉에서 문예 시평 연재 개시. 2월, 걸프 전쟁 발

발. 몇 사람의 작가들과 함께 걸프 전쟁에 관한 성명을 내다(*반전 성명).

1992년   3월, 문예 시평 종료. 5월 잡지 〈군조(群像)〉 별책에 장편소설 《고스트 버스터스》의 일부를 발표. 8월, 문예 시평을 《문학이 아닐지도 모르는 증후군》(*패션쇼에서 문학까지의 사회현상을 비평)이라는 제목으로 아사히신문사에서 간행.

1993년   《고스트 버스터즈》 집필. 4월, 일본 텔레비전 방송국의 심야 스포츠 방송에서 MC 담당. (*나쓰메 소세키에서 밀란 쿤데라까지 동서고금의 문학에 대해 자유로이 서술한 문학 평론집 《문학왕》을 브론즈신샤(ブロンズ新社)에서 간행)

1995년   슈에이샤에서 《미야자와 겐지 그레이티스트 히트》, 헤이본샤(平凡社)에서 《읽자마자 잊어버려도》, 아사히신문사에서 《성교와 연애를 둘러싼 몇 편의 이야기》, 고단샤에서 《일본 문학 성쇠사》 등 여러 편의 책을 출간하였다.

2002년   《일본 문학 성쇠사》로 제13회 이토 세이상을 수상.

2005년   메이지가쿠인대학교 국제학부 교수로 취임. 언어 표현법 강의를 담당.

2011년   〈아사히신문〉 논설란에 〈논단시평(論壇時評)〉 연재 시작. 2016년 3월까지 월 1회 게재.

2012년   《안녕, 크리스토퍼 로빈슨》으로 제48회 다니자키 준이치로상을 수상.

2016년   스바루문학상, 군조신인문학상, 노마문예상, 나카하라 추야상, 하기와라 사쿠타로상 선고 위원. 일본 텔레비전 방송 심의 위원 등 활발한 활동을 펼치고 있다.

1995년까지의 연보는 다카하시 겐이치로 자신이 직접 쓴 것입니다.

(*) 부분과 '1995년 이후' 부분은 옮긴이가 새롭게 보충한 내용입니다.

웅진지식하우스 일문학선집

우아하고 감상적인 일본 야구

초판 1쇄 발행 1995년 3월 15일
재판 1쇄 발행 2005년 7월 7일
삼판 1쇄 발행 2017년 11월 20일
삼판 4쇄 발행 2024년 8월 19일

지은이 다카하시 겐이치로
옮긴이 박혜성
발행인 이봉주 **단행본사업본부장** 신동해 **편집장** 김경림
디자인 [★]규 **마케팅** 최혜진 이인국 **홍보** 반여진 허지호 송임선
국제업무 김은정 김지민 **제작** 정석훈

브랜드 웅진지식하우스 **주소** 경기도 파주시 회동길 20
문의전화 031-956-7213(편집) 031-956-7089(마케팅)
홈페이지 www.wjbooks.co.kr
인스타그램 www.instagram.com/woongjin_readers
페이스북 www.facebook.com/woongjinreaders
블로그 blog.naver.com/wj_booking

발행처 ㈜웅진씽크빅 **출판신고** 1980년 3월 29일 제406-2007-000046호

한국어판 출판권 ⓒ웅진씽크빅, 2017
ISBN 978-89-01-22035-2 04830
ISBN 978-89-01-20824-4 (세트)